最是难渡红尘劫

宋词里的绝美爱情

夏墨 /著/

江西人民出版社
Jiangxi People's Publishing House
全国百佳出版社

图书在版编目（CIP）数据

最是难渡红尘劫：宋词里的绝美爱情 / 夏墨著. --

南昌：江西人民出版社，2019.10

ISBN 978-7-210-11493-2

Ⅰ.①最… Ⅱ.①夏… Ⅲ.①宋词—诗歌欣赏 Ⅳ.

①I207.23

中国版本图书馆CIP数据核字（2019）第171621号

最是难渡红尘劫：宋词里的绝美爱情

夏　墨／著

责任编辑／冯雪松

出版发行／江西人民出版社

印刷／北京柯蓝博泰印务有限公司

版次／2019年10月第1版

2019年10月第1次印刷

880毫米×1280毫米　1/32　7.75印张

字数／186千字

ISBN 978-7-210-11493-2

定价／42.80元

赣版权登字-01-2019-391

如有质量问题，请寄回印厂调换。联系电话：010-64926437

序言

历史似一条一望无垠的长河，多少韶光流年在清风飘浮中不断沉淀。陡然泛起的涟漪里，有金戈铁马扬起的尘土，有万里河山在暮霭中静静的守望，更多的波痕却汇聚成团，糅合着一幕幕男欢女爱深入灵魂的缠绵。

爱情，一个神圣的词汇，是一张用笑容与泪水共同编织的网，网尽了人类感情的极致，让无数红尘男女陶醉其中。

旧日的月色，俯瞰了欢乐趣，从青春男女到人间白头，演绎着成双成对的痴念。旧日的月色，目睹了离别苦，执手相看泪眼，投射出形影相吊的孤寂。

于是有了相思，有了期盼，有了回忆。那时的梦幻，那时的醉酒，那时的思念，让今天的人们为之折服，为之惊叹。

把时光的转针拨弄到两宋，站在烽火台上俯瞰一张张满是故事的爱情画卷。

侧耳倾听，长亭之外，琵琶弦上，是谁在暮春时节叹息，吟唱春归无奈的歌曲？独上高楼，古琴深处，是谁在深秋的黄昏哭泣，哭泣温柔如梦，伊人消失了芳踪？仿佛从亘古的时代传来，又像是从眼前的柳条下发出，萦绕在耳畔。

凝眸细看，芳草路上，杨柳依依，是谁踮着脚尖把远方来回搜寻？庭院深深，秋千架下，是谁来回踏步，在人去楼空的静谧里，回忆一去不复返的往昔？

偶然的相识，匆匆的分离，引发无穷的思念，欲说还羞，剪不断，理还乱。分别几日，仿佛回眸了数载寒暑。曾经连理相依，蓦然阴阳相隔，隔不断浓浓的深情思念……一切被赋予了浪漫，以琴瑟为道具，朱笔挥动，一首首经典的词篇如鲜花绽放，芳香永存。

一千多年前的爱情犹如美酒，醇香飘荡四野的美酒，不会因为时代的沉淀而归于无形，反而越来越发出勾人的香气。

一千年前，那些才子与佳人的故事，给当今的人们一股馥郁的气息，于是可以于品茗之际，细细揣摩那些动人心弦的故事，为历史喝彩，为爱情叹息和鼓掌。

当一千年前的庭院变成了今天的高楼大厦，当一千年前的章台路变为今天的柏油路，当一千年前灯如昼的花市变成今天的霓虹，那些曾经发生的爱情，在今天依然有着似曾相识的踪影。

为古代的爱情流下感动的泪水，只因为那里面的温柔一抹里有你的影子，有我的影子。

目录

第一章　北宋前期

李煜 | 千古词帝，可惜命薄为君王

晏殊 | 官越大，越孤独

欧阳修 | 文坛领袖，写词鼓励恋爱自由

张先 | 风流词客张三影

林逋 | 不食人间烟火的诗人，留下经典词作

柳永 | 大宋娱乐圈里的天王级词作家

第二章　北宋后期

晏几道 | 豪门公子无心功名，成为一代言情圣手

目录

第三章　南宋前期

第四章　南宋后期

第一章

北宋前期

李煜 | 千古词帝，可惜命薄为君王

今宵好向郎边去

> 花明月暗笼轻雾。今宵好向郎边去。刬袜步香阶。手提金缕鞋。
> 画堂南畔见。一向偎人颤。奴为出来难。教君恣意怜。
>
> ——《菩萨蛮》（花明月暗笼轻雾）

遥望南唐，在金陵一个纸醉金迷的宫殿里，一首首绮丽的词在这里宣泄、升起。这个宫殿的主人是李煜，他是失败的一国之君，也是令人瞩目的词中之帝。

这样的双重身份，令他矛盾，却也让他璀璨。

古代文人，大致可分为两类，一类虽然有才气，但读书是为了功名，一旦功成名就，便将书里的道理束之高阁，开始研究如何钻营；而另一类是把读书作为生命，这样的人很多时候，才情胜于政治能力。李煜自然是后者，因为身份，不必通过科举找工作，他爱读书和写词完全是出于真心。

他忘却了江山，如痴如狂地追求文艺，他的生活处处可以成为词作的题材。因为无心治国或无力治国，他便将更多的精力放在风花雪月上。

人们常说帝王薄情，很显然，李煜是个异类。在他的爱情故事里，有着两个女子的身影——大周后和小周后。

李煜与大周后的相遇，来自媒妁之言。纵然如此，他与周娥皇的爱情最初看来是完美的结合，他们经常一起歌舞论诗，游园赏月……她陪他消磨了许许多多空虚寂寥的时光。

直到李煜见到小周后，他和大周后的爱情似乎有了不完美的地方。

彼时，近三十岁的大周后大病了一场，父母带着年仅十五岁的妹妹到皇宫探望。本是亲人相聚，却不小心触碰了缘分的花枝。

十五岁的妹妹已经亭亭玉立，蓓蕾初绽，惊艳四方。那一刻，宫中春风浮动，李煜面对十五岁的少女浑身一颤，仿佛一颦一笑都如此熟悉。都说"人生若只如初见"，当年大周后也是这样一副风情万种的模样，但那一笑一颦却又那么新鲜。少女的出现，让这份人生若只如初见真实上演。

于是，这个十五岁的少女被安置在瑶光殿别院的一座幽静画堂里。

某一天，这个风流的帝王忍不住去一睹芳容，见到了少女兀自午睡的场景，半透明纱帐的绣榻上，少女天生旖旎。

这段光景，烙印在了李煜的记忆里，又被他用笔墨锁在了诗词里，于是便有了，《菩萨蛮》（蓬莱院闭天台女）——蓬莱院闭天台女，画堂昼寝人无语。抛枕翠云光，绣衣闻异香。潜来珠锁动，惊觉银屏梦。脸慢笑盈盈，相看无限情。

李煜将小周后比喻为蓬莱仙女，女子的睡姿和随风飘荡的秀发那么动人，不小心碰到了珠琐，惊醒了少女，却得到了对方柔情似水的微笑。

爱如潮水，汹涌来袭，李煜便纵情地表达自己的爱意。

最初少女还是矜持的，可李煜却以温情和才情，一步步地闯入她的心扉。少女所有的娇羞，以及对姐姐的愧疚，都被他炽热的爱融化殆尽。

于是，他们像一对初尝禁果的年轻的爱侣，偷偷地享受爱情的欢愉。

《菩萨蛮》（花明月暗笼轻雾）描述的便是李煜与大周后的妹妹

约会的场景。

那个花好月圆的时节，为他们的约会，渲染了浪漫的气息，兴奋的少女，难以掩饰内心的喜悦，"手提金缕鞋"小心翼翼地去奔赴这场浪漫的约会。

他们相会在画堂南畔。少女一见到他，便兴奋地拥到了他的怀中。从一个"颤"字，我们可知，她心底的兴奋和紧张已表露无遗。

她带着少女般的娇嗔，说到"奴为出来难，教君恣意怜"。面对这样的青春活力的小周后，李煜的心湖里，被激起了千层浪花。因为这样的爱，又让他找回了渐渐流逝的青春。

一场欢愉的约会，让李煜尝到了一种充满青春气息的爱情味道。而他更是要将这次难忘的相会，铭刻在词里，使之成为不朽的记忆。

一段新的爱情绽放，另一段旧情也渐渐凋零。

大周后得知李煜与妹妹的情事，心中痛不能言。

其实，李煜并非对大周后没了感情，在她患病后，李煜曾做过这样一首《后庭花破子》——玉树后庭前，瑶草妆镜前。去年花不老，今年月又圆。莫教偏，和月和花，天教长少年。李煜希望大周后青春永驻，再与自己携手歌舞，做恩爱夫妻。

但这份爱，已经在年深日久的相处中，变成了一份浓浓的温情，带着朋友般的熟悉，带着亲人般的牵挂。

大周后死后，李煜不再顾忌，与小周后走到了一起。公元975年，南唐在大宋的强势横扫中亡国，李煜献出玉玺，开始了囚徒生活，小周后也相伴着。李煜死后，小周后不久也因为悲情含恨而终（一说是殉情而自杀），两人的爱情经过了甜蜜，终于画上句号。

抛开故事本身，这首《菩萨蛮》（花明月暗笼轻雾）是一首难得的浪漫主义作品，从文学艺术而言，这首难得的佳作为我们展示出一番青春悦动的约会情景，表达着初恋时的羞涩与美好。

茫茫人生，我们都曾有过青春、爱情。那时的眉头微动，那时的莞尔一笑，那时的心潮涌起……都定格在了我们的生命里，待多年后回首，仍是满心幸福和感动。

无言独上西楼

无言独上西楼，月如钩。寂寞梧桐深院锁清秋。

剪不断，理还乱，是离愁。别是一般滋味在心头。

——《相见欢》（无言独上西楼）

李煜最初是不理朝政的，心思都用在诗词歌舞上，但正因为对政事不关心，本来就摇摇欲坠的南唐更加腐朽。当赵匡胤最终兵临城下，李煜无奈中也做了最后的抵抗，但无济于事。

李煜最终开城投降，献上玉玺，他做不到西楚霸王乌江自刎的壮举，也做不到如后世明崇祯帝的勇敢——在煤山殉国。

李煜的性格使他胆小怕事，一直不敢和大宋对抗，现在也只会选择投降，绝对没有"士可杀而不可辱"的信念，他只考虑如何保命。但这样一来，屈辱的日子开始了，一个帝王做了俘虏便是屈辱了。

那一年是公元975年，仅有38年短暂历史的南唐王朝画上了句号。

李煜长于妇人之手，从小就与世无争的性格注定不会有大的反抗，也没有能力反抗，但通过诗文表达内心却是强有力的，越因为有唯唯诺诺的性格，越使得内心压抑更强烈，越使得词作进射出火花。

李煜的性格按今天的话来讲，就是"好好先生"，脾气比较温顺，面对侮辱，也只是隐忍，不会暴躁如雷，或者想办法报复。所以，他的词作中透露出很多悲哀，但没有对敌人恨之入骨的表达，没有"壮志饥餐胡虏肉，笑谈渴饮匈奴血"那样的豪迈。

李煜词作的分水岭由此形成，前期大多是描述男女爱情的，后期也是描写"爱情"，却是对河山的爱，对南唐的爱。

大起大落后，李煜仿佛从天堂一下子摔进地狱，其中反差可想而知。李煜过上囚徒般的生活，终日沉浸在回忆中，回忆一去不复返的好日子，叹息现在的悲剧人生。

《破阵子》（四十年来山河）中，有一句"一旦归为臣虏，沈腰潘鬓消磨"，曾经是万人之上的帝王，一下子成为阶下囚，让人情何以堪？

《浪淘沙令》（帘外雨潺潺）更是一首让人为之垂泪的作品。尤其是"罗衾不耐五更寒"一句，什么情况下盖着厚厚的被子还觉得寒冷？其实不是身体的冷，而是心冷，"梦里不知身是客"，梦里或许能重温昨日的风光，但也只是梦，醒来只是更加的悲哀。

鲁迅先生说："人最大的悲哀就是梦醒后发现无路可走。"人在极端痛苦和绝望中，喜欢把希望寄托在梦里，哪怕梦中获得理想也满足，虽然知道那是虚假。但美梦后，冰冷的现实会让人发颤。

这时候的李煜仿佛在爱情上经历了失恋，但比失恋更痛苦。失恋，或许总有机会赢得芳心，但国都早已沦陷，自己成了亡国之君，复国是绝对不可能了，而能凭栏看到，能够梦醒后想到，这样的痛苦被无限扩大。

这首《相见欢》（无言独上西楼），虽然词牌名为相见欢，却表达了无法相见的绝望。"无言独上西楼，月如钩"，多么寂寥啊！那不是无言，而是满腹苦楚，无法排解，已经痛苦得不能用言语来表达。

　　高楼本来是让人登高望远，心旷神怡，但词人完全没有这样的心情，还受到了深深的刺激。因为登上高楼，作者仿佛能看到故国曾经的奇花玉树，似乎能闻到故都泥土的气息，但一切都成了过去，一切都是幻影。

　　"独上"雕刻的是寂寞、孤独，连相伴的月亮也不是圆的，自己和相爱的人、思念的国再也不能团聚。这个弯弯的月亮不再是金陵国都里的月亮，不再是与小周后偷会时抬头能看到的月亮，一切都变了。"无言独上西楼"和"独自莫凭栏"都是在说一个人不要随便登高怀旧，可偏偏他是这么做了后，才能领悟到。其实每个人都是这样，只有身临其境，才真的懂感同身受。

　　"寂寞梧桐深院锁清秋"，天上是弯弯的月亮，地下是梧桐叶随秋风飘荡，干秃的梧桐树风光不像过去，多么冷清啊！这简直就是词人本身的写照。其中，"锁"字用得极妙，锁住了清秋也锁住了他自己，他的余生都被锁在这个陌生伤心的地方。这样一个凄凉的秋夜，一个寂寞而苦不堪言的落魄者，孤独地看着凄凉场景。

　　"剪不断，理还乱，是离愁。"词人把离愁形象化，如丝线一样，无法清理，无法摆脱，越纠缠越乱，像李白说的："抽刀断水水更流，举杯消愁愁更愁。"怎么也无法解除烦恼，只会更加烦恼，这是一种怎样的无奈？登楼引起怀念，引起痛苦，即便离开，痛苦仍然萦绕。

　　这样的忧愁，这样的悲哀，不但别人无法理解，甚至自己也说不清，也因此有了别样滋味。

　　李煜由于最初就崇尚淡泊，这种性格导致他回避皇位，一心想过闲云野鹤般的生活，所以，他比其他人都喜欢自由，但做了俘虏便彻底失去了自由，在两个极端的对比下，他若是不在词中表现对自由的态度，就奇怪了。

"自由"是一个暖心的词汇，所以波兰诗人裴多菲的那首诗被人记住："生命诚可贵，爱情价更高，若为自由故，两者皆可抛。"

李煜的自由的丧失是彻底的、毫无希望的，就像无期徒刑但又随时会死于非命。偏偏他性格里有多愁善感的一面，内心的挣扎更强烈，他每一首写于亡国后的词都是用血而书写，就像杜鹃悲啼，让人揪心。假如他最后没有被赐死，不知会不会忧郁而亡。

李煜所承载的是一种失去后的痛苦，即使是明明看到美好的一面，却只能看着永远无法触及。他的词作固然煽情，文学成就也极高，但他这些脍炙人口的词句，更多透露的是自己的感觉，自己失去纸醉金迷的生活，却很少有忏悔的心理，缺乏对百姓愧疚的心理。

或许李煜即使有秦皇汉武的魄力，也不能拯救南唐，他对国事的漠不关心导致他要为亡国付出代价。如果他尽心经营国家、心系黎民，最终即便光荣兵败，也可以无愧于心。

历史就是历史，没有那么多或许，如果那样，至少中国古代的文坛将少一颗璀璨的明星。

一曲清歌

晓妆初过，沉檀轻注些儿个。向人微露丁香颗，一曲清歌，暂引樱桃破。

罗袖裛残殷色可，杯深旋被香醪涴。绣床斜凭娇无那，烂嚼红茸，笑向檀郎唾。

——《一斛珠》（晓妆初过）

此刻，我们不妨跟着李煜，再走回他的故国去。

因为心中装满了心爱的人，所以关于他（她）的一切仿佛都有着诗情画意，而对于有词帝之称的李煜而言，面对心爱的女子，更是将内心的柔情发挥得淋漓尽致。

为心爱的女子写词，然后于荒芜的人生中细细品味，不失为一种惬意。

李煜年少的时候，大周后陪伴着他走过了愤懑却甜蜜的时光。

不爱江山爱美人，这对于其他帝王而言，或许是不成大器的表现，对于李煜，却更加昭示了浓情。

李煜生性喜欢平淡，不喜欢热闹，不喜欢皇位，想过隐士的生活，但命运还是把他推向皇位。事实上，在李煜没有继位之前，尽管他自己无意皇权，但还是受到了大哥李弘冀的猜疑。问题就在于李煜的相貌，李煜有重瞳，而在古代，有重瞳的人被视为有帝王之相。所以，这样的面目特征让大哥李弘冀忌惮，担心李煜争夺皇位。

李煜面对着哥哥的猜疑，感觉愤懑，而这时，一个女子走进了他的世界，让他愤懑的内心找到了一点归属，这个女子是前面所说的大周后——大司徒周宗的大女儿，名宪，字娥皇。

周娥皇很有才气，精通音律，能歌善舞，甚至还精于文史，而对艺术痴爱的李煜自然愿意和这样的才女在一起，所以，两人因为才华和爱好走在一起。

李煜无意间得到了唐朝《霓裳羽衣曲》残谱，周娥皇看到后如获珍宝，将残谱改编，李煜便和她一起演奏，沉浸在艺术的氛围里。

后来，李煜被推上历史舞台，周娥皇被封为皇后，而李煜本来就对皇位厌恶，不懂治理国家，每天还是痴迷于诗词歌舞。唯有每次与周娥皇一起探讨艺术时，才感觉人生充满了乐趣，李煜在治国上的不求奋进带来的抑郁，在大周后的温柔怀抱里消失得了无踪迹。

周娥皇走进了他的生活，让他有了寄托。

李煜和周娥皇一往情深，令人羡慕。在小周后没有走进李煜生活之前，两人可以说是神仙眷侣。

《一斛珠》（晓妆初过）是一首表达男欢女爱的作品，最大的特点是以"口"入题。"晓妆初过，沉檀轻注些儿个"，词中描写的是女子为情郎歌唱，所以适当的装扮是很有必要的，将深红色的香膏轻轻放在唇上，这样在面对情郎时候可以使口中充满香气，因为唱歌用口，所以将"口"点缀是必须的，以便"向人微露丁香颗"。

"一曲清歌，暂引樱桃破"，这里的樱桃自然不是实际的樱桃，而是用来比喻"口"为樱桃小口。"罗袖裛残殷色可，杯深旋被香醪涴"，歌曲唱完，便是陪酒，这时候，还是写"口"，酒要与口相触，充满香气和深红色香膏的口和酒杯接触，嘴唇更加美丽，而伴随着一个动作，女子以袖子擦拭口边酒痕，唇上带着美酒，而美酒也因嘴唇的接触更加醇香，让人更加感受到陶醉。

"绣床斜凭娇无那，烂嚼红茸，笑向檀郎唾"，最后一句便描写与情郎调情了，口中咀嚼着红茸，向情郎砸去。整首词处处描写"口"，通过"口"，表达了女子的表情和心情。

整首词看似写一个普通歌女，但其实是以周娥皇为原型，李煜将迷恋大周后的情感和深宫里的风花雪月，一笔笔地刻画出来。这首词写完后，李煜送给了周娥皇看，更是证明了这一点。

即便后来李煜和小周后"偷情"的时候，李煜虽然不能在爱情上完全忠于周娥皇，但心中还是爱着周娥皇，还经常探视病情，还多次亲自喂药。

而周娥皇最终病故，据记载："后主哀苦骨立，杖而后起，亦如其丧考妣。且将投井以殉，赖救之获免。又自制诔词数千言，皆极酸楚。"

　　大周后入土后，悲愤的李煜写了《挽辞》："珠碎眼前珍，花凋世外春。未销心里恨，又失掌中身。玉笥犹残药，香奁已染尘。前哀将后感，无泪可沾巾。艳质同芳树，浮危道略同。正悲春落实，又苦雨伤丛。秾丽今何在，飘零事已空。沉沉无问处，千载谢东风。"其中，"无泪可沾巾"让人心酸，因为伤心，眼泪流干。

　　此外，李煜还专门写过一首《梅花》，也是表达对大周后的缅怀："殷勤移植地，曲槛小栏边。共约重芳日，还忧不盛妍。阻风开步障，乘月溉寒泉。谁料花前后，蛾眉却不全。失却烟花主，东君自不知。清香更何用，犹发去年枝。"当时二人一起移植梅花，期待着花开的日子，细心得把花儿呵护，为的是一起花开，但无论如何不能够一起携手，因为伊人已魂归。

　　即便是帝王，对死亡也是无奈的，人生最悲伤无疑是最亲的人离世。李煜悼念周娥皇，令人感动，但他没有在词中表达过对周娥皇的亏欠，他对小周后的移情更刺激到了周娥皇，或许他内心也有很深的忏悔，只是不曾对人言说。

　　那些曾经相依相守的日子，那些畅谈历史的深夜，那片相互吟咏的时光……都成了珍贵的标签，挂在记忆里，在寂静时熠熠生辉。

　　只是，爱一旦有了亏欠，所有的微笑便不再圆满，却偏偏更深地镶嵌在心底，不再遗忘。

　　爱过，其实是一种深痛，痛到永恒。

小楼昨夜又东风

春花秋月何时了，往事知多少，小楼昨夜又东风，故国不堪回首月明中。

雕栏玉砌应犹在，只是朱颜改。问君能有几多愁，恰似一江春水向东流。

——《虞美人》（春花秋月何时了）

古代词坛上闪耀着众多星斗，李煜无疑是格外明亮的一颗，而李煜诸多的作品中，这首《虞美人》无疑是一枝独秀，技压群芳，可以被称为李煜最得意的代表作。而同时，这也是李煜的绝命作，因为这首朗朗上口、流传至今的词，他终于结束了从奢华到颓废的生命。

李煜出生的那一年，南唐正式建立，南唐存活三十八年，李煜三十八岁被俘虏。过了三年不堪忍受的俘虏生活，一杯毒酒将一代才子送上绝路。从此，他的一系列作品成了绝响。

那一年的七夕，浪漫的夜晚，李煜迎来了四十二岁的生日，他想不到这是人生最后一个生日。那一刻，秋风和圆月相伴。词帝与朋友狂饮奏乐，暂时忘却了屈辱的生活，愿意用狂醉释放这压抑的情感。

就这样，凄凉的歌曲配合着煞人的秋风。

席间，词帝心情复杂，命人演唱自己的新作，此生最后一个词作品——《虞美人》（春花秋月何时了）。歌曲缓缓流动，震动了大宋的夜空，窗外，树叶沙沙作响，似乎为新曲伴奏。

就这样，噩运悄然而至。作为"阶下囚"，每一个举动都无疑受到监视。这时候，大宋的第二任皇帝太宗赵光义得知了这个场景，勃然大怒。他的眼中闪耀着怒火，火仿佛长满了触角，直接伸向不安分的李煜，不忘前事、蠢蠢欲动的李煜。然而，李煜只是以文字形式发发牢骚，从来没有想过复国，甚至没有任何复国的资本和能力，但宋太宗还是不能忍受。

逆龙鳞的结果就是死亡，而只有死人才能安分。

一杯酒递到了李煜面前，杯子华美，酒也冒着醇香，但醇香的深处是剧毒。那一刻，他是不是心中狂喜，终于可以结束这个窝囊的生活？那一刻，他是不是心中痛楚，努力保存性命却还是难逃一死？

那一刻，他是否想到了大周后，终于可以相会？那一刻，他是否想到了小周后，这个因为自己受了凌辱的心爱女子，今后将何去何从？

他颤抖的手端起了酒杯，嘴唇翕动，他没有求饶，为自己保留着尊严，酒入愁肠，瞬间疼痛难忍，他倒下来，口吐着鲜血，睁着双眸，似乎在望着南唐故都。一切都去了，此刻，他自己也要去了。李煜悲喜交加的传奇人生就这样平静地结束了。

从此，宋太宗不必再听到诸如《虞美人》这样的干扰声音，但这些声音穿透了历史，传递给了一代一代的人。

"春花秋月何时了"，春花秋月让人联想到美景，但身为俘虏，越是美景越是对自己构成刺激，宁愿看到凄凉的景象也不愿深深被刺激，所以要问苍天，为何要有春花秋月，赶紧停下来好不好，不要刺激我。"往事知多少"，宫廷的生活历历在目，但如今已经完全颠倒，永远无法回到从前。

"小楼昨夜又东风"，身处凄凉的处所，一个"又"字提醒到，不知不觉中竟然又是一年过去了，思念越来越浓，绝望越来越重，一年一年如何忍受？何时能解脱？

"故国不堪回首月明中"，不想回忆，回忆却总是涌上心头，这样的情况，真是如后世李清照所言："物是人非事事休，欲语泪先流。"

尤其看到明月，更是悲苦交加，这明月当年就照在金陵城的上空。

"雕栏玉砌应犹在，只是朱颜改"，宫中生活的地方，那些建筑那些物品都应该还在，可是永远不能再拥有。那些旧人旧事已经变换，自己的容颜也已经憔悴不堪。

一连串的回忆将词人的思绪带入震撼中，所以他写出了堪称经典的句子。"问君能有几多愁，恰似一江春水向东流"，读过这句子的人，纷纷拍案叫绝。将愁苦比喻为江水，并且是一直流动着的绵绵不绝的江水，太绝了。愁苦无边，绵绵无尽，无法排解。

李煜的这首词可以说是用尽心血在书写，并也由此付出了生命的代价。历史上有与李煜命运相似的亡国之君，汉献帝被逼禅位给曹丕，曹丕封他为山阳公，他很安分，得以善终；三国时候蜀国的刘禅入了司马昭之处，也做了俘虏，因为"乐不思蜀"被视为胸无大志，最终也落个善终；南北朝的陈朝最后一任帝王陈后主，做了俘虏受到了隋文帝的优待，因为安分，也最终安详离世。

这三位皇帝早于李煜，若李煜效仿他们低调，或许也会寿终正寝，但因为他性格的原因，耐不住压抑，才情无处安放，只得借词抒发，使他不会像三位帝王一样，也使他成为不一样的皇帝兼词人。

他是一个坦诚的人，性格中有着实在的一面，所以导致他做什么说什么不藏着掖着，换句话说不会圆滑，不会像勾践那样麻痹夫差，不会像刘禅一样把俘虏生活当快乐，他率直，便用词表达自己，浑然不愿意考虑后果。

而李煜弃城投降的事情，说明他爱惜生命，但他的这些词作会带来灭顶之灾，他不能不知道，但他对真情的表达还是占了上风，为了艺术可以不顾一切。所以，他是一个单纯的人，他没想过复国，如果是那样，反而会隐蔽自己，不会公开表达忧苦。因为他的直率，所以他的词才充满了真实的味道，没有矫揉造作的成分。

美国作家杰克·霍吉说："性格决定命运。"这句言论未必是绝对正确，但一定程度上而言，很多性格的确可以造就不同命运。对事情的态度往往决定结果，对于李煜而言，性格决定了他的词作和词作导致的结局。

或许死亡是对李煜最好的解脱。因着苟且偷生，他活得太累了，夜夜悲歌。饱经沧桑的心已经支离破碎。

或许在他书写《忆江南》（多少恨）时，心已经碎得不成样子。"多少恨，昨夜梦魂中，还似旧日游上苑，车如流水马如龙，花月正春风。多少泪，沾袖复横颐。心事莫将和泪滴，封笙休向月明吹，肠断更无疑。闲梦远，南国正芳春。船上管弦江面绿，满城飞絮混轻尘，愁杀看花人。闲梦远，南国正清秋。千里江山寒色暮，芦花深处泊孤舟，笛在月明楼。"都说狐死首丘，李煜终于去了，魂儿应向南国飘荡，他要继续游上苑，继续看芳春……

人类最大的不幸便是无法选择自己的命运。李煜曾试图从佛教中寻找答案，他身为帝王时也笃信佛教，甚至花费大量金钱建造佛寺，但那时候的他，只是为了得到一种寄托。

而他做俘虏的那三年，才认真把佛教当作不可缺少的东西，或许那时他开始整日思考：人的终极意义是什么？这在以前过着锦衣玉食的生活时，是不曾考虑过的。他在死的那一刻，或许有遗憾，但应该也欣慰。

我们每个人都无法选择自己的命运，选择自己的出生，选择自己的面貌。但我们仍然可以选择自己的心态，努力改造自己的命运。

有这样一个故事，一个桌子上有一个杯子，杯子里有一半的水。两个人来了，第一个人，叹息说："就剩半杯水了。"第二个人，喜悦地说："还有半杯水呢。"看问题的角度不同，心态便出现了积极和消极的区别。

我们比李煜幸运，不会遭遇李煜那样"天上人间"反差的悲歌，不会出现从天堂到地狱的大起大落，或许李煜面对屈辱无法乐观起来，但我们面对生活中那些"恰似一江春水向东流"的哀愁，该昂起头，微笑地面对。

晏殊 | 官越大，越孤独

醉后不知斜日晚

池塘水绿风微暖。记得玉真初见面。重头歌韵响铮琮，入破舞腰红乱旋。

玉钩阑下香阶畔。醉后不知斜日晚。当时共我赏花人，点检如今无一半。

——《木兰花》（池塘水绿风微暖）

回忆会让爱情沉淀出独特的味道，无论是相守终老，还是错过。

在岁月里，两颗心相遇后，一切从此不同，所有细枝末节的交集，都会化作令人怦然心动的回忆。当繁华不再，当斗转星移，回忆带来了快乐，有时候却也带来了遗憾。

时光缩成一抹光影，将故事拉回北宋，我们望见了一个潇洒的身影。他七岁，便显现出了与众不同。当年，私塾先生一句"圣贤书中求富贵"脱口而出，他便应出"龙虎榜上争魁豪"的下联，从此，他被世人称为"神童"。

他就是北宋词人晏殊，同时身兼另一重身份——宰相。

可神童时代的潇洒，和官至高位后近半个世纪的叱咤官场的生涯，总是敌不过人生匆匆，岁月更迭。当年过花甲的晏殊回忆自己的峥嵘岁月，那个女子——"玉真"，留给自己的一抹甜蜜的回忆，令许多的人产生了共鸣，也让许多人都回忆起了属于自己的"玉真"。

晏殊擅长中庸之道、明哲保身之法，所以一直官运亨通。他的为人处事之道使他注定属于社交能力很强的人，自然会有很多朋友。士大夫豢养歌女是司空见惯的事情，"玉真"在这样的背景下，迈入了宰相晏殊的家中，每次晏殊在家中应酬款待同僚，总能看到"玉真"的倩影。

"再到天台访玉真，青苔白石已成尘"。唐朝时候一个叫曹唐的诗人写过一首诗《刘阮再到天台不复见仙子》。诗人故地重游，寻觅心中的佳人，但所有往事都成为尘土。"玉真"从此多用作仙女、美人的代称。在晏殊的家中，住着许多能歌善舞的歌女，但唯有一个女子被晏殊誉为"玉真"，说明这个女子给晏殊的印象尤为深刻。这位"玉真"总是能讨晏殊的欢心，每次来客人时，总能以优雅的舞姿、美妙的歌声，让客人如沐春风，让晏殊的面子大增。

所以，年老时候的晏殊，对于很多旧人旧事已经模糊，但对于"玉真"总是清楚地记得，而在初次相见的时候就产生了难忘的印象，就是这个难忘的印象像种子一样，在晏殊的内心里生根结果，伴随了晏殊数十年的梦想。

"池塘水绿风微暖。记得玉真初见面"，一个良好的景象总是让人遐想，勾起人的回忆。微风吹拂，年过六旬的晏殊欣赏着美丽的池塘，由于微风飘过池塘，想起了多年前的往事，感慨着日月如梭，当年，也是在这样一个美丽的池塘附近，那时自己还是风华正茂、英姿飒爽，在朝廷取得了显赫的功名，衣食无忧。那时候，自己心爱的歌女还那么年轻，那么动人。

面对同样的池塘，晏殊将自己的心带回到当时，"重头歌韵响铮琮，入破舞腰红乱旋"，女子的歌声清脆，给人余音绕梁的感觉，而舞蹈也是令人迷醉的，他至今还记得第一次见到她时的震撼，他从群芳中独独记住了这个独立出众的女子。

"玉钩阑下香阶畔。醉后不知斜日晚"，自己和很多人都在姑娘的舞姿和歌曲中迷醉，竟然忘记了时间，甚至一曲终了，还依依不舍。那时候总是感觉时光是如此短暂，还没有好好欣赏完女子的舞姿，竟然匆匆流失了很长时间。彼时，晏殊还不知道，自己无形中已经入了戏，已经沉浸在那女子的婉转歌声里。

"当时共我赏花人，点检如今无一半"，一切的回忆仿佛被猛然惊醒，如同为美梦留下了口水，却被鸟叫而扰乱。当词人回到了现实，才发现多么伤感。

旧日时光再美妙也如同逝水，当年一起欣赏歌舞的朋友不在了，"玉真"也无法再寻觅芳踪，唯有他自己，还在孤独地回味着烟波岁月里的旖旎时光。

"天之涯，地之角，知交半零落"。志同道合的朋友也好，红颜知己也罢，总是像树叶一样，岁月的风刮来，树叶飒飒作响，最后随风飘去，再也寻不到痕迹，只知道树叶曾经飘过。

少年时代的晏殊既诚实又低调，中年时代的晏殊是大方好客、持守中庸之道的，而写这首词的老年时代的晏殊，已经看惯了世事浮沉，已经充满了大彻大悟的睿智，而人老年的时候，特别喜欢怀旧，所以，他这首词流露出的往事远去的味道让人为之叹惋。

唐朝那个寻觅"玉真"仙女的诗人曹唐也在寻觅不得中，创作了充满遗憾的诗句"桃花流水依然在，不见当时劝酒人"。回忆也许是快乐的，但快乐转瞬即逝，遗憾却余味悠长。

晏殊性格豪爽，但却常常爱回忆过往，今与昔，错落相交，便成了最美的风景。他曾有一首著名的词《浣溪沙》（一曲新词酒一杯）："一曲新词酒一杯，去年天气旧亭台，夕阳西下几时回？无可奈何花落去，似曾相识燕归来，小园香径独徘徊。"其中，"无可奈何花落去，似曾相识燕归来"成为千古名句。他的词中透着丝丝物是人非、无可奈何的哀伤，却也定格了永恒的回忆，而回忆里留下的，必定是人心中最珍贵的东西。

当年，那个"玉真"歌女让晏殊念念不忘，并成为他暮年时一个温馨的回忆，这位歌女打动晏殊的不仅是歌舞，也包括一颗七窍玲珑心，在晏殊的官场生活不如意的时候，她听他倾诉衷肠，以微笑带给他安慰，抚慰了他孤独的心。

歌女的片段充斥了晏殊生活，成为晏殊生活中别具一格的情感故事。晏殊的众多描写歌女的词作中，不知道是否都有"玉真"的影子。

漫漫人生，总会充满无奈，锦瑟年华总敌不过岁月匆匆。时光变成了怀旧的包裹，挂在心头，沉甸甸的，却有百般滋味。心酸，欣喜，无奈……那是每个人都会尝到的人生。

无论古今，人们总会邂逅爱情，因为某个机缘而与对方相遇、相知，而后在某段时光里，在彼此的生命中，燃起绚烂的火花，转而互相成了过客，消失在对方的茫茫人海中。也许当时绝望伤痛，但岁月会让世事成风。年深日久后，往事再度浮动，化作回忆，便会发酵成另一种味道。

其实，走过的路，爱过的人，纵使错过，仍旧会成为高悬在回忆画卷里的亮丽风景。

明月不谙离恨苦

槛菊愁烟兰泣露。罗幕轻寒，燕子双飞去。明月不谙离恨苦。斜光到晓穿朱户。

昨夜西风凋碧树。独上高楼，望尽天涯路。欲寄彩笺兼尺素。山长水阔知何处。

——《蝶恋花》（槛菊愁烟兰泣露）

寂寞孤独不是独自一人在思索，而是想带上笑容去诉说心里话，却发现人去楼空无人听。

国学大师王国维在《人间词话》里有过经典的论述：如何才能成就大事，做大学问？王国维引用了宋词内的三个句子作为回答。想做大学问，必须经过三个境界。第一个境界是"昨夜西风凋碧树，独上高楼，望尽天涯路"；第二个境界是"衣带渐宽终不悔，为伊消得人憔悴"；第三个境界是"众里寻他千百度，蓦然回首，那人却在灯火阑珊处"。

王国维所说的做学问的三个境界中，第一种境界便是出自晏殊的这首《蝶恋花》（槛菊愁烟兰泣露）。而这不仅是说学问的境界，更是在说一种情感境界。

登高能够看得更远，也会让人浮想联翩。独上高楼，本身就寂寞。望尽天涯路，只为了在茫茫炊烟间寻觅佳人的身影，不仅是望，而且是极力地搜寻，望穿了秋水，望断了天涯路，却始终无法寻觅到，慢慢惊醒，伊人早已经消失在这个时空里。

途径爱情的人，经历过甜蜜，也经历过别离。人在高处，心却落入低谷。曾经牵手，又总是分手，"白首不分离"的愿望总被现实击打得支离破碎。

爱情的孤寂，在晏殊的笔下，跃然而动。正因为刻画到了极致，所以才穿透了古今人的心事。

常人看来，晏殊身为宰相，官场得意，自然不缺红颜，可谓官场得意，情场也得意。可每个光鲜的外表之下，都裹着一个不一样的灵魂。而拨开重重现实的迷雾，探索词人的心灵，才发现晏殊内心深处的寂寞孤独。

独自登上高楼望天涯的晏殊，他的内心是寂寞的，官至宰相的晏殊，他的内心是孤寒的。五十年来的周旋，他如履薄冰，所以在晏殊的词中，也有不少表现官场的作品，只是更多使用了隐晦手法，不容易看出来。当然晏殊毕竟身份尊贵，且拥有优于其他词人的生活，本来性格也豁达，所以即便在词中表达愤懑，也总是积极地面对，让人读后感受到他的豪迈，这样的豪迈甚至隐没了他的失意，让人误以为他处处得意。

在爱情上，晏殊表面风光的背后，也是一种无奈。爱情不像做官，他的爱情时常在"独上高楼，望尽天涯路"中辗转反侧，他一生遭遇到很多婚姻不幸。

晏殊的正妻先后有三位。第一任是工部侍郎李虚己的女儿，由于晏殊小时候就被誉为神童，所以工部侍郎李虚己非常欣赏他的才华，便要把女儿嫁给他。可第一任妻子与晏殊生活不长时间便去世；晏殊的第二任妻子是孟氏，员外郎孟虚舟的女儿。这个时候晏殊已经到了中年，遗憾的是，这位妻子也没能和晏殊走到白头，因病离世；后来他娶了第三任妻子，太师、尚书令王超的女儿。

这首《蝶恋花》（槛菊愁烟兰泣露）正是为了缅怀去世的妻子，但到底是缅怀第一任还是第二任，历史记录不详细，也或许作者写这首词时对于两任妻子都是怀念的。晏殊连续两次失去妻子，这是人生的不幸，因为这种不幸带来的悲痛，晏殊有了这篇生动的词作。

"槛菊愁烟兰泣露"，一个"泣"字便带给人凄凉的感觉，菊花笼上薄雾，兰花生露，本来一种自然的美，多情的词人却有感而发，感觉兰花像是在哭泣。

"燕子双飞去",一种冷清充斥着词人的心,落花人独立,微雨燕双飞,缤纷的美景才更让人因此伤感不已,燕子曾经双飞,现在却剩下自己一个孤独的人。

"明月不谙离恨苦。斜光到晓穿朱户",因为心中装满了悲痛,以至于连无关的事情也要抱怨。明月照朱户,本来很寻常。但却因为这个孤寂的人,而变得哀伤。他甚至质问明月为何不理解自己,我这么苦,你竟然还在发着光。这种思念旷远悠长,这种孤独,哀伤而觉悟。

"昨夜西风凋碧树。独上高楼,望尽天涯路",独上高楼,却并不是为了遥望远方,而是因为心中装满了旷远的悲凉。"独上"和"望尽"表达了心酸,望眼欲穿也只是空望。暂时分离,总有相见的时候,但妻子已经亡故,永远无法再见,望了日复一日,年复一年,等来的只是虚无和孤寂。

如此,"望"已然成为一种习惯,成为一种思念,成为一种无奈,最终徒然引发更深的悲哀和哭泣。于是便有了最断肠的这一句:欲寄彩笺兼尺素,山长水阔知何处。

"彩笺"在这里指的是书信,在古代,思念的人外出,想念了只有托人捎信传书。晏殊有一首《清平乐》,里面提到"鸿雁在云鱼在水,惆怅此情难寄",大雁和鱼,古代文人经常以它们来表示传书,现在,词人却无法让它们为自己传递书信,因为不知对方身在何处。这首《蝶恋花》(槛菊愁烟兰泣露)里表达的书信,韵味就更深了一层,无疑增添了寂寞的色彩。妻子已经不在这个世界上了,又该寄向何处?纵使用尽千般方法,换来的仍是茫茫的孤寂和无望。

晏殊与前两任妻子的感情生活未被历史记载下来,通过这首词,我们看到了他内心的寂寥,也同样可以感受得到他内心深处柔软而浓深的情感、他对待妻子的炽烈感情。晏殊一生官运亨通，门生众多，朋友多，更不缺乏投怀送抱的红颜，但这些都无法弥补两任妻子的离去对他带来的空虚和痛。

晏殊面对生离死别，发出了"欲寄彩笺兼尺素。山长水阔知何处"的诘问，但在生死相隔面前，比山长水阔还要凄凉，山多么长，水多么阔，总有望到边的时候，但死亡的距离却无法逾越。无怪乎，唐朝的大诗人王维在妻子去世后三十年一直孤独地相思，一直对很多事情兴味索然。

痛有多深，爱就有多浓，当爱离去，便酿成了深不见底的孤寂。可纵然如此，深陷在爱情里的人们情愿受伤的是自己，哪怕自己肝肠寸断、泪流成河，也不愿意对方承载同样的痛苦。时至今日，不需要"鸿雁在云鱼在水"，不需要"彩笺兼尺素"，但相思的无奈还是那么浓烈，心事无法寄去，望断了整个世界，却再也没见过她温柔的眉眼。

斜阳独倚西楼

红笺小字，说尽平生意。鸿雁在云鱼在水，惆怅此情难寄。

斜阳独倚西楼，遥山恰对帘钩。人面不知何处，绿波依旧东流。

——《清平乐》（红笺小字）

走到了熟悉的路，寻访着熟悉的阁楼，明明知道曾经有相爱的痕迹，却怎么也无法把痕迹找到，这种感觉仿佛鱼儿挣扎在水与陆地之中，在生命与浪漫中徘徊。

问一声夕阳，欲寄彩笺兼尺素，山长水阔知何处？叹一声晚霞，鸿雁在云鱼在水，惆怅此情难寄。不怪晏殊情感泛滥，只是思念的味道锥心得疼。一抹抹倩影从词人的世界里流淌过，随着时间的推移，流水远去，不再有痕迹，只剩下了他的内心泛起的涟漪。

20世纪20年代，著名诗人胡适、徐志摩等新月派诗人提出，要让诗歌带上音乐美。而最初作为在民间传唱的宋词，本来就带着音乐美的使命。这首《清平乐》无疑是浑然天成地带着悦耳的旋律。

优美的旋律，隐藏着一个惆怅的故事。

关于这首词，有人说是晏殊写给某个小妾的，也有人说是写给一个叫紫云的歌女。更多的说法是写给一个叫张采萍的歌女，更好的说，这是晏殊写给红颜知己的。

晏殊属于社交型的人，只是，他接触的人，有很多是为了利益的需要结交，而真正知心的有几人？词人比一般人更看透了世态炎凉，而这时，如果一个女子走进了词人的生活，能读懂他的心声，能够慰藉他的烦忧，并且在智趣爱好上都能做到心有灵犀一点通，这一定会让词人兴奋不已。而在那个怀旧的年龄里，对真情的渴慕更加执着，年轻时候的红颜知己便会越来越涌上心头。

"红笺小字，说尽平生意"，密密麻麻的小字，带着炽热的感情，书写内心的激动。简单的一句话却透露着更多的信息，这个表达爱慕的心里话，写得细小本来不容易，但肯定写了不止一遍，每写一个字肯定要推敲斟酌半天。而心中有爱恋的人，无论写得多么辛苦，无论手指为此多么酸痛，一切都充满了甜蜜。从朝堂的英武中隐没，词人仿佛变成了一个柔情似水的女子，一笔一划地写着每一个令自己心跳的音符。

写好了，可以给喜欢的人看了，问题却又来了，"鸿雁在云鱼在水，惆怅此情难寄"，原来是一封满怀感情却无法邮寄的书信。一切原来都是一厢情愿，一切都是文字游戏。原来一切的辛苦都是欣喜，此刻一切的辛苦都变得绝望。

词人给红颜知己写信，却无法寄到。或许这位红颜知己已经不在人世，词人悲痛地幻想，总觉得她还活着就写信，但猛然发觉，根本无法寄出去；或许词人心中爱慕对方，但害羞表达出来，有一种微妙的心理，一旦表达出来，可能会被拒绝，不如一直暗恋着，信也不要给对方了，这样有回旋的余地；或许词人喜欢的红颜知己不知道去了何方，无法再联系。

上面三种猜测的情况都可以成为"鸿雁在云鱼在水，惆怅此情难寄"的理由。

"斜阳独倚西楼，遥山恰对帘钩"。夕阳西下，在高楼上望着远方的山，更扩大了寂寞。迟暮的夕阳，没有了希望的夕阳，独自一个寂寞的人，没有人安慰。

"人面不知何处，绿波依旧东流"。从这里可以明显地知道，词人"惆怅此情难寄"应该属于第三种情况：红颜知己已经不知所踪。流水是不解风情的，依然要默默地流，流动了多少往事，流动多少笑容，一切故事都在流水中沉淀。

那段故事出现在晏殊中年时代，他前往民间收集整理词牌，而许多的烟花之所是词牌云集的地方，在这里可以了解到许多词文化，晏殊便理所当然地步入烟花之所，就在这个时候，他走进了张采萍的世界，张采萍也走进了他的世界。

起初，晏殊只是单纯地收集资料，当收集了很多资料，他决定与欧阳修碰面。在见面的时候，欧阳修请来一位歌女助兴，这位歌女便是张采萍。晏殊第一次见到张采萍，便颇有好感。结识后，他们自然地谈论起了诗词，晏殊非常意外地发现，在谈论诗词方面，张采萍竟然在很多观点上与自己有惊人的相似。晏殊感觉找到了知音,这种找到知音的感觉比收集了很多词文化更让他兴奋。他们相见恨晚,谈论了很久,直到夕阳西下都不曾发觉。

良好的第一印象,共同的兴趣,诸多观点的相似,让晏殊感觉张采萍是一生中值得结交的佳人,或许他的心中已经有了迎娶张采萍共度一生锦瑟年华的想法。

但这样的见面只是短暂的,晏殊回到京城后,在接下来的日子里,辗转反侧,张采萍的影子在他心中挥不去,但后来再派人打听,竟然找不到,而当初也没有留下任何联系方式,这让晏殊五味杂陈起来。

默默叹息的晏殊陷入了惆怅,找不到心爱的张采萍,意味着少了一个知音,心中期盼的情感生活也因此落空。如此无奈复杂的情感无法宣泄,唯有通过诗词来获得一点慰藉。

红颜知己为何与词人失去联系,晏殊给我们留下了一个谜,或许是故意躲着不见,或者是因为意外而流离失所。可偏偏在古代,杳无音信常常就是一辈子。

相思的话想对对方说,寻觅不到对方,相思的语言凝聚成密密麻麻的文字,要寄给对方,却永远无法邮寄,只能守候在自己内心的世界里,在内心不断搅拌,直到衣带渐宽。

时光偷换,到了现代,信息高速运转,我们可以很快地找到一个人,却并不是一定能寄出一份爱。世界上最遥远的距离,不是天涯海角,而是我站在你面前,你却并不爱我。

恍然发现,人与人之间相隔的不是时间、距离,而是一份情感。爱上一个不爱自己的人,注定了无垠的寂静,没有回响。这样看来,晏殊还是幸运的。

欧阳修 | 文坛领袖，写词鼓励恋爱自由

乱红飞过秋千去

庭院深深深几许。杨柳堆烟，帘幕无重数。玉勒雕鞍游冶处。楼高不见章台路。

雨横风狂三月暮。门掩黄昏，无计留春住。泪眼问花花不语。乱红飞过秋千去。

————《蝶恋花》（庭院深深深几许）

一种守望，有时候注定成殇，却依然保持着一个优雅的姿势，向着远方朝思暮想，生命在这种守望中消磨，在这种消磨中体验爱的甘甜和苦涩，所以往往不知疲倦。

像鸟儿舍弃了温馨的巢一样，绕过云雾，在茫茫人海里寻觅着心上人的身影，这样的痴，只因为爱的力量太过强大。

在震古烁今的"唐宋八大家"中，宋朝占据了六位，并且都是北宋前期。尤其北宋这六位大师，散文造诣颇高，诗词也能在文坛上领一代风骚，其中有一位地位尤其崇高，另外五位都是他的门生，他便是大名鼎鼎的欧阳修。

武将出身的赵匡胤以兵变取代后周建立大宋王朝后，大为重视文人，所以，文人在宋朝有广阔的天空。可以说大宋"重文轻武"的独特土壤，对孕育出乐观豁达的欧阳修有很大关系。

看似繁华的庭院闪耀着辉煌，然而在被柳条遮挡着的深处，却隐藏着不为人知的故事。柳条遮盖了院落的杂乱荒芜，独独遮不住深深的闺怨。

　　一向豁达的欧阳修竟然将目光和思绪注视到深深庭院，颇让人费解。所以有人质疑这首词并非欧阳修的作品，因为欧阳修的词和散文都带着乐观色彩，而这首明显没有。

　　欧阳修曾先后三次被贬，但每次都保持着乐观的心态。因为被贬，欧阳修得以进入滁州，并在那里赢得名声，写下著名的《醉翁亭记》。那段时间，他的文章、诗词都充满了乐观，没有因为被贬而满腹牢骚。

　　虽然饮酒，但并非借酒消愁，而是为快乐助兴，因为"醉翁之意不在酒，在乎山水之间也"。无论是"朝而往，暮而归，四时之景不同，而乐亦无穷也"，还是"醉能同其乐，醒能述以文者，太守也"，都展现了欧阳修笔下的乐趣。

　　从作品来看，欧阳修的乐趣也不是故作淡定，而是内心坦然。欧阳修的性格耿直乐观，即便遇到伤心事也依然积极面对，比如他的一首《采桑子》中有一句："群芳过后西湖好"，这句很独特，群芳凋零，花败了，竟然感觉西湖好。因为人心态好，所以处处好。

　　而这首《蝶恋花》（庭院深深深几许）例外，第一句连续用三个"深"字，勾勒出哀怨凄凉，连续三个字出现一句里并用得恰到好处，真是神来之笔。

　　一个女子独自居住在庭院内，不乏吃穿，却唯独不见守在身边的人，庭院的空旷让自己饱受了凄凉，即便拥有用不尽的金银绸缎，于生命又有什么意义？她每天的生活，除了一日三餐，更多是百无聊赖，唯有院落里的杨柳在微风中飘荡，算是她可以倾诉的对象。

　　这样的情景犹如诗人海子笔下的诗句："你在早上，碰落的第一滴露水，肯定和你的爱人有关。你在中午饮马，在一枝青丫下稍立片刻，也和她有关。你在暮色中，坐在屋子里，不动，还是与她有关。"

　　"杨柳堆烟，帘幕无重数"，杨柳本是美景，然而，现在却成了引发惆怅的物件，愁也一层层，很形象的比喻。因为重重阻挡了视线，而青春年少的自己又何尝不是要经历重重挫折才能成熟？

"玉勒雕鞍游冶处。楼高不见章台路"，如果说庭院揭示女子的高贵有些牵强，那么玉勒和楼高更是证明这是一个富贵的居所，一个富贵的空巢。登上楼只为望见心上人的身影，却始终没有。这样的场景已经持续了不知多少时光，天天独自默默登上高楼，默默地守望，又渐渐地断肠，强行忍住即将夺眶而出的泪水，只为在深夜独自忧伤时默默地缓缓流淌。

这样的等待有结果吗？为何还要痴痴地望，思念的人儿总是负心，为何还要把心思放在他身上？只为心头的那个执着，那个承诺，纵然明知道自己已经被薄情者伤，却内心饱含着希望。

渐渐地，内心的空虚促使自己不要再有过多的奢望，唯一要求做的，便是独自登上高楼后，能远眺心上人的身影，即便他在章台路，只要能远远的一望，也便心满意足。

一切的痴，一切的空想，都被深深锁在庭院。冲破庭院或许外面的天空更迷人，却还是愿意守在空虚寂寞的庭院里，看杨柳帘幕，思念薄情之人，感受爱的无奈，爱的凄迷。

"雨横风狂三月暮"，不仅是天气凄凉，内心也凄凉，都是因为"无计留春住"，春来春又去，花开花也败，任凭谁也不能阻止，而对于女子又有了新的含义，无法把郎君的心留住。

"泪眼问花花不语。乱红飞过秋千去"，那份凄凉似乎与花儿一样，孤独中无处倾诉，只好与花为友，但花儿也无法解答，只是默默地随意飘荡。

太多凄凉的景象充斥在这首词中，其他词人的闺怨词或多或少有一丝浪漫的味道，这首词处处透露着绝望，的确不像欧阳修旷达的风格。然而，这首词的主人公是女子，当时有闺怨情绪的千千万万个女子的化身。

欧阳修在滁州时，官场生活不得志，但他没有消沉，而是对当地百姓负责，政绩很突出。在滁州任期内，欧阳修非常务实，不为自己歌颂以求被朝廷看到，而是脚踏实地做事。他对自身的被贬坦然接受而没有抱怨，对百姓的疾苦却非常在意，也就是说自己的事情不如百姓事情大。所以，悲天悯人是欧阳修的一个性格，也是品质。

那么，既然欧阳修悲天悯人，他关注不幸的女子不足为奇。所以，作品中描述自己时，天大的事情一笑而过，描述别人悲苦时，却含着深情。

爱的力量总是强大得令人震撼，即便挣破任何樊笼也要去努力实践，而思念的力量也是强大得令人震撼，有时候明知结局注定会以悲哀收场，但还是风雨无阻，执着于此，只为内心在相思中找到皈依。

月上柳梢头，人约黄昏后

> 去年元夜时，花市灯如昼，月上柳梢头，人约黄昏后。
> 今年元夜时，月与灯依旧，不见去年人，泪湿春衫袖。
>
> ——《生查子·元夕》

甜蜜和哀愁总是一对孪生兄弟，在爱情的世界里，甜美和悲哀也总是如影随形，甜蜜的爱情让人徜徉在天堂之中，却总是又为随时出现的分离而心忧。

张爱玲曾有一篇叫《爱》的短小文章，里面有一句话被很多人铭记："于千万人之中遇见你所遇见的人，于千万年之中，时间的无涯的荒野里，没有早一步，也没有晚一步，刚巧赶上了。"

爱情就是这么奇妙，刹那间的灵魂相遇，便迸射出穿透一切的火花，令人说不清道不明。

一千多年前的大宋，每年的元夕夜，也上演着一幕幕感人至深的爱情故事，当我们从现在的夜色阑珊中移步，将夜晚的霓虹和闪烁的车灯变幻，呈现出的一幕画面上，是宋朝的男女老少在灯会中乐此不疲地游玩。

这一天，自帝王到平民，无论老少都可以尽情玩乐，连平时根本不能随意出门的女孩子也可以过一把自由的瘾。处处张灯结彩，处处是烟花。浪漫而令人陶醉的夜晚，让人不断留恋，早在黄昏日落，人们盼望的心已经开始澎湃。到了夜晚，面对如此的美景，每个人恨不得年年有今日，岁岁有今朝。

然后，如此良辰中却依然有美中不足，几家欢喜几家愁，有一个女子看着美丽的夜色，听着他人的欢歌笑语，心中却涌起阵阵悲哀。去年也是这个时候，这样一个良辰美景的时分，景色依然熟悉，那时候自己也属于快乐的一员，在那个老地方，与心爱的人相恋，那个瞬间让人铭记，当时想把时间留住，那一刻，他对她说了很多甜言蜜语，让她一直沉醉着。他们相互看着对方的眸子，里面写满了温馨，写满了甜蜜。

但是，今天这个夜晚，却是寂寞的，欢笑属于别人，其他的都没变，街道没变，灯火没变，变的只有自己。想起去年这个时刻，仿佛还在昨天，眨眼间已经面目全非，曾经有多幸福，今时便有多少失落。

欧阳修的这首《生查子》朗朗上口，通俗易懂，写的是元夕节一个失恋女子的情感。

"花市灯如昼"，仿佛白天一般，"月上柳梢头，人约黄昏后"，浪漫的情景伴随着激动的时刻，多么温馨，一个"约"字让人无限遐想，已经有了约定，为了这个约定彼此都挂念等待。然而这一切都是过去了，只留下回忆，今天还是这个时间，一切都在，但心爱的人已经不能相见，唯有泪水相伴。

《生查子》这个词牌很独特，因为更像五言律诗。欧阳修捕捉了元宵节灯市上一个失恋的女子入词，于是，她成了一个缩影，有着千千万万个女子的影子。当然，对于男人也是一样，去年还见到美丽女子你侬我侬，今年却不见了伊人，独自行走。

在这样快乐的节日里，有人找到了恋人，有人却失恋，但失恋更让人铭记，所以词人没有记住那些寻找到归宿的人，而是选择了痛苦的人，为这样浓郁美丽的夜晚添加了一丝遗憾的味道。

最后一句"不见去年人，泪湿春衫袖"，这一句类似于作者的另一首词的句子。作者的另一篇《浪淘沙》中"今年花胜去年红，可惜明年花更好，知与谁同"这句说的是与朋友之间的感情，因为各种原因，和朋友相聚竟然成为奢侈的事情，每一次见面都感觉不易，不知道下次何时再重温旧梦。没有一起赏花的朋友，即便花开得艳丽，还是如同虚设。

但恋人之间的感情和朋友之间自然不一样，朋友之间虽然不经常见面，但还是有见面的可能，还是有相邀的可能，但恋人不同，失恋的人，甚至一辈子都不能再见。在这首《生查子》中，用了"去年""今年"的对比，便揭示了主人公一个翻天覆地的生活。

越是快乐的节日，对于痛苦的人而言，这样的痛苦就更深刻，犹如欧阳修的门生苏轼在中秋夜咏唱的寂寞："不应有恨，何事长向别时圆？"

元夕夜，这样失恋的镜头在红尘男女中不断上演，时光更替，日月轮回，感情是一个永远莫名其妙的问题，失恋总是发生在这个世界里。

失恋是没有良药的，不同于疾病。一个人爱另一个人，那人不爱这个人，应该怎么让那人爱呢？这个世界上找不到答案。本来就是一个剪不断理还乱的问题。

这个世界上，太多人都经历过失恋的味道。有的人长期消沉，开始固执孤僻，有的人淡然一笑，转身后发现世界处处都是美丽的景致。然而，这又是一个让人成长的味道，许多人经历了这样一个蜕变，慢慢变得成熟，终于抖落脚下的泥土，昂然抬头，处处是晴空万里。

有一首诗歌这么写："恋爱使我们欢乐，失恋使我们深刻。松树流下的眼泪，凝结成美丽的琥珀。"只要爱过了，心便不该继续寂寞。

郎船几度偷相访

近日门前溪水涨，郎船几度偷相访，船小难开红斗帐。无计向，合欢影里空惆怅。

愿妾身为红菡萏，年年生在秋江上，重愿郎为花底浪。无隔障，随风逐雨长来往。

——《渔家傲》（近日门前溪水涨）

爱情是莫名其妙的，是无法用格式界定的，彼此眼睛与眼睛的对视，或许注定了两颗心在不经意间碰撞，从此一发不可收拾。日日相守的人或许不觉得，唯有分离而想念，才能体会这样的滋味。

爱情犹如一颗含苞待放的花儿，吐露盛放才更加动人，古代的封建礼教，压抑着爱情的花朵，却无法阻挡花儿在暗处为爱展示迎风飘荡的姿态。那个年代，对女子而言，主动谈情说爱，显得异常另类，在爱情面前，只能是敢想不敢言的心理。正因为这样，不能表露爱意却心中思念，才让那时候的爱情增加了一种迷人的色彩。

宋朝诸多词人中，欧阳修算是离经叛道的一位，他为人率性耿直，在诗词方面也是敢想敢说，尤其是爱情诗词上。

可以说，爱情作品属于敏感话题，尤其在古代，自汉武帝时，儒家思想大力盛行，主流文学都是儒家倡导的修身、齐家、治国，而欧阳修很多爱情的词作一反常态，大胆直率表达富有个性的爱情。他无所顾忌，在爱情词的书写上并不含蓄，甚至自己与歌女的交往也流于笔端。

这和他个人秉性有关，不虚伪不作假，真实自然。

这首《渔家傲》（近日门前溪水涨）属于贴近生活的作品，完全是用一个女子的口吻表达爱慕，细腻地表达了女性对于爱情大胆的追求。

那一刻，欧阳修游览在溪水旁，看过了船来船往，在熙熙攘攘的船只背后，一道风景定格在他的眼前，两只不同的船只上，一男一女，他们眉目传情，并不断地观察着周围的情景，生怕会让他人发现自己的行踪，两人开口说了几句话，却很焦急，一副赶紧说完好散去的样子。两人待到即将分手时，又总是恋恋不舍。

终于度过了畅快的一段时光，两人都感觉时间过得好快，转眼到了分离的时刻，又开始期盼着相见，见面又这么匆匆。欧阳修苦笑了，为天下像这样的更多的男女叹息了。那一男一女不得不分离，表面还要装作刚才什么也没有发生的样子，继而期盼着下一次的相会、下一次的溪水涨，溪水涨潮便是他们的渴慕、他们的信仰。

欧阳修为这一对情侣感动了。

"近日门前溪水涨"，唯有溪水涨了才有机会相见，平时希望见面有多么不容易呀！"郎船几度偷相访"，这里更好地揭示两人的私定终身，他们或许是因为世俗的压力而不得不遮遮掩掩，毕竟那个时候可是不能自由恋爱的。在此前的你来我往中，两人慢慢产生了情愫，瞬间摩擦出爱情的火花，或许他从来不说"我喜欢你"，她也从来没表达过"我爱你"，但彼此含情脉脉地凝视，已经把爱慕表达出来，渐渐地，他懂了她，她也懂了他。

欧阳修在爱情上是坚持两情相悦的，反对包办婚姻，这种思想在当时是前卫的，这一点更显得他与众不同，所以这样的秉性反映在词中，也给予人们耳目一新的感觉。通过这个词作，不难看出，欧阳修是在赞扬女子恋爱中的勇敢，是讴歌自由恋爱。

由于见面非常不容易，每次也不能尽兴，"船小难开红斗帐。无计向，合欢影里空惆怅"，船太小了，什么都做不了，所以根本无法静静地你来我侬，所以不见面有不见面的痛苦，见面也有见面的痛苦。这一句揭示了这样一个矛盾心理。

最后两句无疑感人至深："愿妾身为红菡萏，年年生在秋江上，重愿郎为花底浪。无隔障，随风逐雨长来往。"这已经表达出爱得极致。苦于相思又受世俗牵绊，还不如化作莲花，自由得可以亲近对方，也愿意郎君成为海浪，那样彼此可以经常亲近，不必像现在一样为见面发愁，为更方便地亲近而烦忧。

当爱情到了一定境界，人往往浪漫地希望自己以其他形态出现，只为和恋人相伴。当世俗的铁门束缚了自己，锁链让自己无法亲近远方的深情情影，那时候看到自由自在的鸟儿可以在远方不断盘旋，就有了化身为鸟的愿望。

爱，到了这种境界，已经是痴了。

所以，白居易有这样的诗句："在天愿作比翼鸟，在地愿为连理枝。"愿化身为鸟，愿做枝条，只为能和恋人长相厮守。

所以，民国才子徐志摩的诗歌里这样写："假如我是一片雪花，翩翩的在半空里潇洒……盈盈的，沾住了她的衣襟，贴近她柔波似的心胸。"化成雪花贴近心上人，多么浪漫的想法！

欧阳修为我们描绘了一幅溪水中的美景，在古代，人们对爱情的表达总是羞涩，总是"犹抱琵琶半遮面"，在今天，人们已经很难体会那时候的感觉。彼此不经常见面，盼望着有机会见面。直到见面，还要瞻前顾后，羞羞答答。想尽量放下矜持，却因为条件的限制，不能长谈，真羡慕那些自由自在的鸳鸯，甚至想变成莲花，与情郎常相伴。

今天，地球村已经成为一个不再陌生的词语，联系的方式日新月异，即便远在海角，一个电话轻轻松松就能联系到。所以，如今这个世界，除非是死亡，根本不能让人彻底体会到刻骨铭心的分别。而现在的恋爱自然也不必羞羞答答，比任何时代都开放。因此，古人的那种心动的感觉，今天已经难以体会到。

《渔家傲》（近日门前溪水涨）中的恋人饱受了相思之苦，那时候人们的恋爱总是受到父母的阻碍，"父母之命，媒妁之言"害了一代代的人，那时候，欧阳修已经在公开地歌颂自由恋爱，不知道，会有多少人因此感谢这位多情的词人。

现在，"父母之命"基本被束之高阁，父母的见解只是一个参考，父母爱自己的子女，也愿意子女在爱情上自由追求自己的幸福。

今天的情侣可以大胆地在大街上手牵手，可以彼此挽着臂膀行走在商场，可以在灯火阑珊处拥抱彼此，倾诉衷肠。

如果欧阳修看到今天的场景，应该会笑得很灿烂。

张先 | 风流词客张三影

天不老，情难绝

数声鶗鴂。又报芳菲歇。惜春更把残红折。雨轻风色暴，梅子青时节。永丰柳，无人尽日飞花雪。

莫把幺弦拨。怨极弦能说。天不老，情难绝。心似双丝网，中有千千结。夜过也，东窗未白凝残月。

——《千秋岁》（数声鶗鴂）

都说天若有情天亦老，然而，天即便老去，人间的真情依然坚定不移，而天也不会老去，爱情的力量更加坚不可摧。爱，有着甜蜜，但许多时候会是曲折，不为人知的历程，像一段长跑，在没有规则却坑坑洼洼的路面上。

曲折的爱，如同冰山上的雪莲，要在严寒打击中笑傲苍天，傲视大地。

公元十一世纪刚开始，在有人间天堂美称的杭州西湖，经常有着这样一道风景：时任杭州通判的苏东坡总与几个文友一起畅游，那时候苏东坡处于不惑之年。他们游遍了整个湖杭西湖，而在苏东坡这一群文友中，总有一个显得鹤立鸡群，因为这人有着满头的银发，却有着矫健的步伐，却与比自己年轻几十岁的文友谈笑风生。

这个满头银发者便是张先，一个对北宋词坛有着重要影响的词人。他是苏东坡的忘年交，大概是北宋时期最长寿的词人——八十九岁才去世。

点数古今众多文坛巨匠，人们能说出他们的姓名、籍贯、别号，但对张先而言，除了这些还有一个绰号，叫张三影。对于绰号，通常都是别人为自己取，然后自己刚开始觉得不能接受，时间长了，大家都这么叫，自己也就习惯了，渐渐地，人们甚至只叫绰号忘记了本尊的名字。

但张先的绰号却是自己取的。当然，最初张先是有一个绰号的，叫张三中，但他自己并不知道，而是别人私下取的。有一次，一个喜欢阅读张先词作的人（就是现在的"粉丝"），和张先一起闲谈，那人说："你知道吗？现在的词界里，许多人都叫你张三中。"张先感觉莫名其妙，那人便开始给他解释："你在《行香词》中写了'心中事''眼中泪''意中人'，依三个中字，所以有人给你取名叫张三中。"

在这里，这个人说的是张先的词《行香子》（舞雪歌云），全词这样写道："舞雪歌云，闲淡妆匀。蓝溪水、深染轻裙。酒香醺脸，粉色生春。更巧谈话，美性情，好精神。江空无畔，凌波何处？月桥边、青柳朱门。断钟残角，又送黄昏。奈心中事，眼中泪，意中人。"

一个妙龄女子能歌善舞，却为情所困，寂寞孤独，面对江水更加孤寂伤神，想着心中的事情，流着伤心的泪，回忆着意中人。

张先听到别人为自己取的"张三中"这个绰号，并不恼怒，反而笑起来，自己重新取了一个绰号，他说："既如此，何不叫张三影？"那人顿时哑然，张先微笑着自己解释起来，同样是引用了自己的词作，说："'云破月来花弄影''娇柔懒起，帘幕卷花影''柳径无人，堕絮飞无影'，这三句话，我深以为傲啊！"

就这样，"张三影"的名号流传了下来。

张先面对绰号不恼，反而也自我调侃，这说明他是一个诙谐幽默的人，一个乐观的人，他一生官职低微，按理说很压抑，但他却很长寿，不能不说这和他乐观的性格有关。

事实上，张先词中很多描写"影"的，据说有十五首。他对"影"情有独钟。如《木兰花》（乙卯吴兴寒食）中"中庭月色正清明，无数杨花过无影"，再比如《青门引·春思》中"那堪更被明月，隔墙送过秋千影"，还有《南乡子·中秋不见月·中吕宫》中"潮上水清浑。棹影轻于水底云"等等。

张先的词作大多以描写爱情或歌女为主，虽然张先本人性格豪放，生活浪漫，但他的词作却明显属于婉约派。苏东坡身为豪放派词人，却受了张先很大影响，还和他成为忘年之交，主要是苏东坡喜欢张先本人豪放的性格，而不是词作。

这首《千秋岁》（数声鹧鸪）是一首凄苦的词。开篇便是"数声鹧鸪"，鹧鸪说的是杜鹃，杜鹃鸟在古代的词作中经常出现，是悲情的象征，常让人断肠。如同在一个深夜，人们在静谧的夜里里，忽然听到了猫头鹰的叫喊，便会感觉不舒服，而词人们笔下的杜鹃也给人们这样一个印象，杜鹃的悲啼仿佛在泣血哀鸣，所以词中凡是出现杜鹃的，常常是表达悲情的。

"又报芳菲歇"，"又"字总给人带来故事。这首词不同于一般的闺怨词，它是指两人之间的爱情受到的打击和不顺，"又"便揭示出两人的相爱却被阻挠其实不是一天两天了，这又是新的一年了，仍然让人揪心。

"惜春更把残红折。雨轻风色暴，梅子青时节"。残红比喻为爱情被打击，连匆匆的春天也和人作对，在打击上再加入一层冰冷，无力把春天留住，正如男女主人公无法把自己的命运把握住一样，狂风暴雨般来袭，让两人的爱情饱受了蹂躏，"梅子青时节"，这里把两人的爱情比喻为梅子，梅子还青，没有发育成熟，但无情的风雨依然狠心地打压，不顾梅子的感受。由此可见，两人的爱情还处在萌芽状态便要被伤害得体无完肤。

"永丰柳，无人尽日飞花雪"。自己的命运自己的爱情仿佛柳枝一般，不由自己做主，而是被风逼迫着来回摆动，光这样也就罢了，竟然还无人理会，无人怜悯。当人在爱情上失意的时候，迫切希望有人安慰自己，但却没人理解，甚至还要受到冷嘲热讽，这样的情况叫人情何以堪?

"莫把幺弦拨。怨极弦能说"。千万不要去拨动琴弦，受不了那样的刺激，一旦拨动，泪水更会不由自主地流动，更徒增了自己的伤心。整首词到了这里，看到的处处是凄凉，但接下来的这句令人豁然开朗，"天不老，情难绝"，无论怎样，心是坚定的，爱情是坚定的，不会因为任何外在的打击就动摇。

"心似双丝网，中有千千结"。这个比喻可真是恰到好处，把内心的苦闷比喻为网，而里面却是理不出头绪的盘根错节。

爱情的意义到底是什么，我们在古代词人的文字里，经常看到五彩斑斓的爱情篇章，甚至在那个年代，文人以风流为炫耀的资本，每与歌女花前月下，动辄以词作呈现出来，就是一种爱情。

在今天的世界观中，爱情较古代又产生了新的变化，许多时候，古代的恋人对于爱情是无奈的，正如这首词所演绎的，被摧残。两个相爱的人甚至已经得到了上天的祝福，但却无法脱离家庭或者其他力量的制约。

今天，父母对子女的爱情也有或多或少的干涉，但毕竟小了很多，而干涉也是从爱情的满意度出发，尤其是女孩子的父母，总是担忧女儿能否过上好日子，以后会不会幸福，男子有没有能力把家养好。至于古代，恐怕就考虑得没这么多。

天不老，情难绝。今天的红尘男女，或许爱情故事不是惊天动地，或许不是都充满了诗情画意，但他们用爱诠释了这个词句，用坚不可摧的意志把爱的坚定表达得淋漓尽致，让人们惊诧于爱情的力量是强大的。

花不尽，月无穷。两心同

> 花前月下暂相逢。苦恨阻从容。何况酒醒梦断，花谢月朦胧。
> 花不尽，月无穷。两心同。此时愿作，杨柳千丝，绊惹春风。
>
> ——《诉衷情》（花前月下暂相逢）

当两颗心莫名其妙地被牵在一起，不碰触便魂不守舍，碰触便兴奋不已，这样的爱情下，衍生出许多故事。千百年来，"两心同"成为人们追求爱情的最高境界。

张先一生写过无数词，爱情词占三分之一。张先一生官职很低，他在官场失意，却在爱情上找到自己的自信和快乐。

因为风流倜傥，所以在爱情中广泛涉猎，经验丰富之下，观察自认细致入微，对女子的心理都能抓得很到位，所以他笔下的爱情词很细腻，很有代表性。

这首《诉衷情》（花前月下暂相逢）略有旷达的味道，与张先其他的词中表达出的哀伤不同，这首词表达哀思的时候，隐含着希望。

列夫·托尔斯泰说："世界上，幸福的家庭都是相同的，不幸的家庭却又有各自的不幸。"人们对不幸的印象更深，是因为不幸给人的伤感一时半会不能抹去。宋词中的爱情词，很少看到欢快的，大多是描写不幸的，因为好的爱情故事往往被藏起来，不幸的时候才向人倾吐。

"花前月下暂相逢。苦恨阻从容"。主人公回忆着当初与自己的恋人在花前月下彼此欣赏，但这样的场景现在已经不复存在，外界的阻挠让两人最终要分开，而无奈之下，借酒消愁成了理所当然的方式。

无论是古代文人还是现在的酒徒，想借酒来消愁都是一种幻想，因为醒酒后痛苦会更深，这首词描述的自然也是如此，酒醒后发现梦断，花儿也谢了，失去了以往的光彩，月亮都变得有点阴暗了。

但接下来的这句呈现了光彩："花不尽，月无穷。两心同。"这也是张先词中难得出现的豪放风格，花虽然败了，但一定还有重开的时候，月亮虽然暗淡了，但一定会有圆满的时候，只要两心相悦，一定会有再次相逢最终结为连理的可能。

爱情的任何打击都不可怕，只要"两心同"，一切都是值得的，这更加肯定了爱情力量的强大，其他的闺怨词之所以让人"绝望"，正是因为没有"两心同"，通常是一方思恋，但这首词折射出两个人同时念着对方，心中的忧愁因此解开，满怀期待将来的结合。

如果没有"两心同"，只是"一心同"，诸如卓文君与司马相如的例子，卓文君为了和司马相如在一起，在家庭和世俗的反对下，偷偷和司马相如私奔，但后来却被司马相如抛弃，这样的私奔没有任何价值，是悲剧，因为是"一心同"。

有一首著名的诗歌叫《相信未来》，是诗人食指的代表作，读起来让人饱含力量。"当蜘蛛网无情地查封了我的炉台，当灰烬的余烟叹息着贫困的悲哀。我依然固执地铺平失望的灰烬，用美丽的雪花写下：相信未来。当我的紫葡萄化为深秋的露水，当我的鲜花依偎在别人的情怀，我依然固执地用凝霜的枯藤，在凄凉的大地上写下：相信未来。"

无论现在有多少风吹雨打，都有信念坚守，因为人们相信未来。

　　张先的这首《诉衷情》（花前月下暂相逢），表达的就是这样一个信念，虽然现在很糟糕，但结局一定是好的，只要坚持。

　　只要"两心同"，即便外界阻挠又如何？只会让两个人的感情更加深厚，经历了考验后的爱情便如同凤凰涅槃一般，展现着新的力量。

　　"此时愿作，杨柳千丝，绊惹春风"。为了能与心上人经常相见，很愿意成为杨柳一样，这样可以常常呈现在对方的眼前，进一步把痴情写尽头。

　　因为"两心同"，让一方的思念如沐春风，让思念产生了不可估量的价值，因为"两心同"，让爱情的芳香弥漫在天地之间，处处可闻坚定的味道，因为"两心同"，让无数的人为爱情倾倒，为爱情赞叹。

　　所以，"两心同"，让爱情更加迷人。

　　张先的这首词究竟以谁为原型或者写给谁，一直是一个谜，然而这一点也不影响词的成就，正因为留足了悬念，才使得这首词不断让人猜想，有了无穷的魅力。故事里的主人公或许不是某个具体的人，而是千万个有着相同经历的人，今天的人们依然可以体味那种思念带来的寂寞和充满信心的坚定。

　　倾尽一生的时间，和相爱的人厮守，无论时空如何改变，依然情有独钟，只因为在爱情的道路上，找对了心爱的人，所以，即便历经风雨，也可以让心灵沉浸在幸福之中，只为"两心同"。

林逋 | 不食人间烟火的诗人，留下经典词作

吴山青，越山青

> 吴山青，越山青。两岸青山相送迎，谁知离别情？
>
> 君泪盈，妾泪盈，罗带同心结未成，江头潮已平。
>
> ——《长相思》（吴山青）

自古多情伤离别，因为离别有时候折射出相逢的遥遥无期，而男女恋人间的生死离别使人心底在泣血，离别的泪在风中飘过，随时光渐去，后来的人们依然能闻到浓浓的无奈情思。

分别的道路上，没有烈酒，只有泪水。没有"莫愁前路无知己"的豪迈，只有泪眼朦胧。这一别，因为是一辈子，一辈子形同陌路，最后一次的哭泣，索性哭得涕泗滂沱，让鬼神也为之震惊。

一个怪异的诗人，写过了极少数的爱情词作，却又酝酿出这样一个经典。

在金庸的武侠小说《笑傲江湖》中有一节关于孤山的描写。杭州西湖孤山梅庄江南四友自愿接受任务，其实是想选择在那里隐居，从事自己喜爱的事情，怡然自乐。

孤山梅庄风景秀丽，是隐士梦寐以求的好地方，而在历史上，真有隐士在此隐居，最著名的便是宋朝的词人林逋。

每一个时代都有特立独行者，他们对花花世界的兴趣很淡，钟情于山林。如晋朝的陶渊明，竹林七贤。南唐后主李煜也有过做隐士的梦想，但被现实击碎。

在宋朝的诸多词人，可谓各具特色，而林逋的性情更是与众不同，他不但是隐士（终身未走进仕途），且终身未娶，孑然一身。

林逋是个彻底的隐士，至于为何做隐士又终身不娶，一直众说纷纭，有人说是因为对官场失望，有人说是在爱情上受到钻入心扉的酸痛，具体原因不得而知。人太独特时，总会引起猜测甚至质疑，其实，林逋的归隐并不复杂，就是追求一种高节的生活。

林逋天生就喜欢恬静，小的时候家道中落，父母双亡，本来就内向的他变得更加沉默寡言，年长后更是一心追求隐居的生活。至于不娶妻的原因，或许是因为：不喜欢拖家带口影响自己喜欢的生活方式；害怕对方因为自己的个性受伤害。

或许是隐居，让林逋过上了喜悦的生活，面对山清水秀，激发了他创作的灵感，写了许多诗词。但他的创作动机和其他词人有别，不是为了成名，他只是像写日记一样，只愿意抛出心思，却不必为他人知道，有时甚至随写随扔。

有人纳闷，问他为何不让别人知道，他说："我自己隐居不愿意接触外界，我的诗词为何要让别人知道？"这说明，他写词不是为了让人理解自己，只是为了自娱自乐，和那些因为抑郁不得志而扬言看破红尘的词人不同。尽管如此，有人特别注意到他的诗词，所以部分诗词还是得以流传。

如果有人质疑林逋追求官场生活被排斥才隐居，这样的说法更是站不住脚。因为，宋真宗得知他有才，曾让他进入仕途，但他拒绝了，如果他真的向往仕途，早该感激得五体投地了。

林逋喜欢平静，从他的一首名为《小隐自题》的诗中可以看出来："竹树绕吾庐，清深趣有余。鹤闲临水久，蜂懒采花疏。酒病妨开卷，春阴入荷锄。尝怜古图画，多半写樵渔。"一副典型的农家乐场面，竹树、入荷锄、樵渔，一切都令人生羡。有些人疲倦的时候可以把这些作为乐趣，久了也会生厌，林逋却终身以此为乐。

林逋还有一首叫《猫儿》的诗："纤钩时得小溪鱼，饱卧花阴兴有余。自是鼠嫌贫不到，莫惭尸素在吾庐。"作者这里自喻为小猫，洋洋得意。

由于自身的性格和生活环境，使得林逋的笔下有太多田园的味道，他以梅为妻，以鹤为子，诗词里描述一幅幅绮丽画卷，没有官场不得志的烦恼词，没有引人遐想的艳词，没有剪不断理还乱的闺怨词。他的诗词如同他本人一样高洁，充盈着一股馥郁的梅花的芬芳。

但这首《长相思》（吴山青）有些特殊，和词人的归隐生活没多大关系，是一首与心上人离别的词。

"吴山青，越山青"，这里的吴和越是指春秋时期的吴国和越国，意味着两位即将分别的情侣处在一片青山包围中。那一天，一个男子，一个女子，他们曾经有过美好的时光，他们曾经私定终身，他们曾经在父母不注意的时候相会，他们游遍了许多绮丽的场所。但今天在风景秀丽的钱塘江边，却要经历人生中的一场生死别离。

"两岸青山相送迎，谁知别离情？"两岸的青山见证了许多在此离别的人，世界上的苦命鸳鸯总是数不胜数，现在青山又在见证男女主人公的别离。其中的酸楚味道，青山又怎么能明白呢？

到了下阕，悲情上演，一切美景黯然失色，钱塘江的水缓缓地流，旧水冲刷了新水，两个人的泪也无声地往江内滑落，"君泪盈，妾泪盈"，男子有泪不轻弹，但面对这样的离别实在是忍不住。

"罗带同心结未成"，这才是令两个人哭泣的重要原因，在那个时候，男女双方打同心结，便意味着要订下婚约，而他们还没到那一步。他们不得不分开，到底是家庭的反对还是有其他原因，词人没有透露。

　　由于两个人没有结为同心而分离，这样的分离有可能漫漫无期，他们可能是最后一次见面，简直就是生死别离。过了今天，两个或许都要无奈地接受命运，将要有各自的生活，从此思念无限却无法再见。即使再见，不可能再有过去的浪漫岁月，而是成为对方的路人甲。

　　今天的送别是偷偷跑出来还是怎样，也不得而知，但越在分别的时候越感觉时间好快，"江头潮已平"，船儿已经到了不开不可以的时候了，已经给这两个可怜人的共处时间判了"死刑"。

　　千百年后，有个叫徐志摩的诗人也写了一首别离诗，叫《沙扬娜拉》："最是那一低头的温柔，像一朵水莲花不胜凉风的娇羞，道一声珍重，道一声珍重，那一声珍重里有蜜甜的忧愁——沙扬娜拉！"这是分别的双方感情并不深，也不是情侣，但《长相思》（吴山青）里描述的是分别带着绝望，两个相爱的人在分别后或许根本不会有下次的甜蜜重逢。

　　那个时代，在钱塘江的岸边，不知道发生了多少这样的故事，词人悲天悯人，偶遇到这样的一幕，为他们洒一把清泪，让泪水滚入不平的江面，为所有真心相爱却无奈分开的人祭奠。

　　船渐渐远去了，悲情的人离开了，只留下词人看着落日余晖洒过江面，不禁叹息，遂决定终身不娶，少却了这些烦恼，不如归去与梅花相伴。

　　相爱贵在知心，当今天的人们彼此在快节奏的世界忙碌，爱恋或许变得令人奢望，爱恋的时间也总是被占据，或许爱恋的形式因为太丰富多彩而趋于平淡，或许……有太多的或许，但翻阅古代的爱情悲剧，慢慢地转身，才发现爱情的平淡里透露的是甜美。

柳永 | 大宋娱乐圈里的天王级词作家

为伊消得人憔悴

伫倚危楼风细细。望极春愁，黯黯生天际。草色烟光残照里。无言谁会凭阑意。

拟把疏狂图一醉。对酒当歌，强乐还无味。衣带渐宽终不悔，为伊消得人憔悴。

——《蝶恋花》（伫倚危楼风细细）

爱情的力量是强大的，强大到让人震撼，爱可以激发人的潜能，爱可以让人做许多大无畏的事情。为了爱，人们宁愿憔悴，在爱中感悟人生，在爱中升华人生。

爱情与地位是没有必然关系的。有人身居高位，却难获佳人芳心，有人地位卑微，却有无数佳人为之倾心。

他是北宋一位著名的词人，一生地位卑微，在爱情道路上却福分不浅。

在武夷山优美的风景区内，坐落着一个纪念馆，纪念着这位大宋的金牌作词人，而在这位词作人生活的年代里，无数歌女对他爱得痴狂，以至于在他死后，纷纷赶去为他送行，并在每年的清明时节向他祭拜。这位有着众多粉丝的人名叫柳永。

柳永是一位民间词人，用现在的话说就是"接地气"的人。谈论诗词，人们往往想到晦涩的高雅句子和高深的哲理，然而在柳永的词中几乎很少看到，他的词更通俗、口语化，描绘的多是市井生活。所以当时流传一句话："凡有井水处，皆能歌柳词。"

柳永之所以这么接地气，和个人经历以及性格有关。

柳永一生生活在底层，数次考试不中，直到知天命的年龄，才金榜题名，但也只是混了个九品芝麻官，因为他不能像其他词人一样在官场春风得意，也无缘高端大气的生活，他只能在民间与百姓为伍，所以他能更好地和底层人民接触，更好地理解底层民众的需要，更好地理解底层民众的呼声，于是他能站在底层人的角度发出声音。如此一来，百姓们自然都喜欢他，比阳春白雪风格的词作者受欢迎。

柳永的性格中带着执拗，尤其年轻时期，因为某次考试不中，便发牢骚，写了著名的《鹤冲天》："黄金榜上，偶失龙头望。明代暂遗贤，如何向？未遂风云便，争不恣狂荡？何须论得丧？才子词人，自是白衣卿相。烟花巷陌，依约丹青屏障。幸有意中人，堪寻访。且恁偎红倚翠，风流事，平生畅。青春都一饷。忍把浮名，换了浅斟低唱。"词人在考试落榜后，心情十分低落，感觉自己的才华被淹没，就抱怨起来：你们这些招生的人，竟然错过我这个才子，你们不要我就算了，反正你们不留爷，自有留爷处，反正我有相好的，人家对我才百般好，你们即使是给我浮名我还不想要了，不如浅斟低唱快乐。

这首词直接地体现出了柳永青春的叛逆，也是柳永踏上专业填词人这条道路的由来。正是这首词引来了灾难，口无遮拦的牢骚词后来被当时的皇帝宋仁宗看到了，皇帝生气，柳永只好去奉旨填词。

柳永一生在官场不得志，但上帝给人关闭一扇门的时候，还会给人开启一扇窗户，柳永在民间尤其在烟花之地混得风生水起。柳永创作的曲子，大多和教坊乐工合作，他为歌女填词，靠歌女资助，过着卖文为生的生活。而当时的歌女都纷纷排队希望柳永为她们填词，而只要能拿到柳永的词，都会水涨船高，身价倍增。

这首《蝶恋花》（伫倚危楼风细细）阐述了一个境界，应该是柳永全部词作要寻觅的境界，柳永是婉约派代表，但不表示所有的词都是婉约风格，很明显，这首便略带豪放的味道。

"伫倚危楼风细细。望极春愁，黯黯生天际"，终生不得志的柳永登上高楼，春日的离愁望不到边，沮丧的情绪也从天际升起来了。"望极"如同晏殊笔下的"望尽天涯路"，充满了让人断肠的味道。

词人在思念一个心爱的女子，这个心爱的女子是谁，历史上记载不详。

"草色烟光残照里。无言谁会凭阑意"，黄昏悄悄地来了，草色和云雾都掩盖了，但自己寂寞的心却无法掩盖，无人能理解自己此刻的心情，见不得心爱女子的思恋，无人能懂这份感情。

"拟把疏狂图一醉。对酒当歌，强乐还无味"，很多人在不如意的时候总希望借酒消愁，但柳永表现得很理性，借酒消愁只能愁上加愁，不如就这样，但理性中其实更透露无奈，如果酒真能解开千醉也不错，但明知不能解，连暂时的麻醉都不愿意接受，越是清醒却越是伤感。

最后一句是精华之作："衣带渐宽终不悔，为伊消得人憔悴。"词人在书写这一句的时候，灵感已经进入神境中，火花在灵魂间缭绕，"衣带渐宽"简直传神，衣带慢慢宽松了，却不是面料的问题，而是隐晦地说出那是因为人消瘦了，这样的表达平铺直叙效果更好。

柳永为了心爱的女子愿意人憔悴，为了博得伊人一笑，这是完全值得的。而这里，柳永也有这样一层意思，为了自己的事业，为了光耀门楣，即便粉身碎骨，即便劳累半生，只要结果是美的，这样的付出是完全值得的，是不会心疼的。所以，这一句阐述了奋斗，给人力量。

柳永借这个词作表达了对心爱女子的执着，而柳永一生接触底层人士，这些底层人士自然包括底层的女子，如歌女，他对她们有着深切的同情，他理性地俯身平等对待女子，而不是居高临下的说教，所以，他对待女子的尊重，他为女子表现的深情饱满的词中，赢得了无数芳心，也引得很多歌女对他掏出真心，因为他首先付出的是真心。

在柳永的另一首爱情词中，表达执着的感情更是明显，叫《征部乐》："雅欢幽会，良辰可惜虚抛掷。每追念、狂踪旧迹。长衹恁、愁闷朝夕。凭谁去、花衢觅。细说此中端的。道向我、转觉厌厌，役梦劳魂苦相忆。须知最有，风前月下，心事始终难得。但愿我、虫虫心下，把人看待，长似初相识。况渐逢春色。便是有，举场消息。待这回、好好怜伊，更不轻离拆。"这首词是写给一个叫虫虫的歌姬的，尤其最后一句，"待这回、好好怜伊，更不轻离拆"。词中主人公许诺要长相厮守，永不分离。

这样的许诺在其他词人的作品中很少见。柳永性格有这样直率的特点，而且当他的词被许多雅士斥责时，依然坚持自己的个性。

柳永在词中表达执着，并非是说空话，而是真心的许诺。柳永因为真心对待底层女子，所以才能写出一些感情真挚的佳句。如他的《少年游》（一生赢得是凄凉）："一生赢得是凄凉。追前事、暗心伤。"这里是他关怀那些女子的不幸，因为这些女子处在社会最底层，而他自己半生不能入仕，也处在文人的底层，能感同身受地理解这些女子的无奈。在他的《迷仙引》（才过笄年）里同样也有类似的词："永弃却、烟花伴侣。免教人见姜，朝云暮雨。"词人真诚希望这样的风尘女子早日脱离风尘，过上正常的幸福生活。

柳永的性格里充满了悲天悯人的特征，所以他与烟花之所的女子来往，固然也有逢场作戏，但也会渐渐产生真情，女子对待他和对待普通人的逢场作戏不同，因为他不像其他男子一样，只是为寻欢作乐，他在这样的人生中寻觅底层人士生活的意义和解脱的方式。

"衣带渐宽终不悔，为伊消得人憔悴"。不知道哪个歌女能如此幸运，让柳永甘愿不爱惜身体，心力交瘁也在所不惜。

今天，这两句词已经被广为传颂，被年轻的恋爱男女用来表达海誓山盟，表示对自己的选择无怨无悔，为了能和对方结合，甘愿"消得人憔悴"。

爱情，也意味着付出，当为心爱的人奉献着自己的时间和精力。彼此看到对方为自己日渐憔悴，但都能从对方脸上看到笑意，爱也因此得到成全。

千百年过去了，一幕幕爱情也匆匆散去，豪言壮语后，当人们俯身生活的点滴，渐渐地明白了"衣带渐宽终不悔，为伊消得人憔悴"的含义。

多情自古伤离别

寒蝉凄切。对长亭晚，骤雨初歇。都门帐饮无绪，留恋处。兰舟催发。执手相看泪眼，竟无语凝噎。念去去、千里烟波，暮霭沉沉楚天阔。

多情自古伤离别。更那堪、冷落清秋节！今宵酒醒何处？杨柳岸、晓风残月。此去经年，应是良辰、好景虚设。便纵有、千种风情，更与何人说？

——《雨霖铃》（寒蝉凄切）

爱，可以成就一切美好，却也可以让一切变得令人百无聊赖。饱受分离的爱情，让世界黯然失色，良辰美景也便变成了人间地狱。

年过半百的柳永终于高中皇榜，领了一个小县令的职务，但他那些狂热的痴迷者却不因身份低微而望而却步。

当柳永被授予杭州某地县令，京城烟火之地的女子都感觉悲哀，因为马上要和这个多情的才子分道扬镳了，一般新官上任，没有几个人送行，有的话也会是同僚，如果出现一些百姓，便说明这个人为官有方，但柳永的送行者全部是烟花女子，并且达到十队之多，这样的排场前无古人，后无来者。

柳永自己曾作《如梦令》表达过当时送行场景："郊外绿阴千里，掩映红裙十队。惜别语方长，车马催人速去。偷泪，偷泪，那得分身与你！"

柳永踏上去杭州的路。殊不知，在京城外，一段新的缘分缓缓开启。

那日，秋风乍起，风和日丽，车马缓缓行过江州的地界。柳永听闻当地有一佳人，名叫谢玉英，便打算去一睹芳容。就这样，在凉风的侵袭里，踌躇满志的柳永轻轻摇动着折扇，踏向了谢玉英所在的住所。

一间布满书画的屋子里，一个娇媚的女子在纸张上洋洋洒洒地书写着什么，门被轻轻地推开，女子抬头，看到风度翩翩的中年男子。

他自报家门，得意地看着眼前令人着迷的女子，那女子本来为有人无礼地闯入房间着恼，但听他自报家门后，顿时意外起来，接下来便是喜悦、激动。柳永瞥见女子书桌上摆放的正是自己的词作，刚才那女子正一字一句地细致抄录着。

一个慕名而来，一个崇拜对方，于是水到渠成，二人缠绵了数日，享受了无限春光，在无限春光过后的离别时分，这首著名的《雨霖铃》（寒蝉凄切）诞生，词为谢玉英而作。

数日后，柳永踏上去上任的路，与女子再次呈现依依惜别的场景，泪眼蒙眬的女子拉着柳永的手，无奈又放开手，又继续用力抓着，又再次无奈地放开，等待柳永再次看望自己。

在柳永离开后，谢玉英经常用琴弹奏柳永送给自己的这首《雨霖铃》，弹到动情处，便泪流满面。

这一段露水姻缘被柳永铭记于心，他在就任县令后依然念念不忘，当任期满了后，再次到江州希望见到谢玉英。

谢玉英的身边有了其他男子，柳永哀伤不已，作词一首，表达三年前的温馨一幕，希望勾起谢玉英的回忆，"试问朝朝暮暮，行云何处去？"词中最后一句发出这样的呼声。

谢玉英看到了柳永的词，顿时泪如泉涌，感叹柳永的痴情。于是变卖财产，经过百般周折，终于见到柳永。

"寒蝉凄切。对长亭晚，骤雨初歇"，秋天的蝉本来就给人凄凉的感觉，急雨刚停住，空气里弥漫着温馨，但却要在此分离，想把时光留住，却无奈。又到了象征离别的长亭外，满眼满耳都是离别之意。

"都门帐饮无绪，留恋处。兰舟催发"，京城外有践行的宴会，但根本没有心情，船上的人已经在连续催促了："赶紧走吧，别再说了，时间不早了！"一个"催"字用得巧妙，把人的离愁写尽，而一旦被催，更觉得时间真快，彼此还没把话说完。

"执手相看泪眼，竟无语凝噎"，送君千里，终有一别，按说会有很多话要说，但此刻都哽噎了，一切尽在不言中，不知道从何说起，不知道说什么才能表达完自己的牵挂，自己的不舍，只能流泪不言。

对于谢玉英而言，虽然许诺，也期待，但这次的离别是不是永别？自己与柳永的身份距离怎么可能因为一个承诺而拉近呢？今天过后，还能相见吗？

"念去去、千里烟波，暮霭沉沉楚天阔"，想到这一去，千里迢迢的，天空辽远，一望无际，这么空旷只能更让人感受凄凉。过去，一直不能科举高中，但现在好不容易有了一官半职，却又不忍离去。

"多情自古伤离别。更那堪、冷落清秋节"，"本来离别就让人哀伤的了，为何老天爷还要是这样凄凉的天气，让我的心更冷呢！"

"今宵酒醒何处？杨柳岸、晓风残月"，离别后，便将是孤身一人，酒醒后会出现在哪里？只能是自己面对残月和肃杀的风了。

"此去经年，应是良辰、好景虚设。便纵有、千种风情，更与何人说"，这一场离别后，不知什么时候才能再见，或许天气会慢慢好，或许风景也无限美丽，但心爱的人不在身边，又有什么意思？即便是有千种风情，又能告诉谁？又有谁能听懂？

整首词给人凄凉的感觉，尤其是"寒蝉""兰舟催发""晓风残月"等字眼，勾勒出一幅凄凉的画卷。

柳永的性格和经历让他有了这样的奇遇，有了这样的离别，有了这样不朽的词篇。一首《雨霖铃》，彻底让柳永敞开了心扉。

柳永去世的时候，倒在温柔乡里，死在名妓赵香香的家中。葬礼举行时，曾经的同僚还有那些文人雅士没有几个人去送行，只有那些歌女来见他最后一面。京城的烟花女子无一不为之悲痛，连丧葬费用也是女子自筹而来。

当天群芳为他披麻戴孝，谢玉英也是其中的一员，在柳永入土后，她悲痛地吟唱着柳永为自己谱写的《雨霖铃》。"今宵酒醒何处？杨柳岸、晓风残月"的曲子在一座孤坟的上空飘荡，天地为之失色，群芳眼泪涟涟，哀悼着这位词人。

柳永去世后，谢玉英渐渐哀伤过度，两个月后也香消玉殒，人们把她埋葬在柳永墓地旁边。两个人在时间之外永远地不再分离，不必再悲凉地吟唱和弹奏"多情自古伤离别。更那堪、冷落清秋节"。

柳永的《雨霖铃》造就了一个三年等待的爱情故事。

三毛和荷西的爱情故事历来被人们称赞。而他们两人从认识到婚恋，也经过了一个美丽的等待。

荷西屡次逃课，只是为了能接近三毛，终于有一天，他认真地对三毛说："你能不能等我六年，四年大学生活，两年兵役，然后我们结婚。"三毛以为荷西在开玩笑，也并没有放在心上，经历了曲折的六年后，三毛再次见到荷西，发现荷西真的为她而苦守了六年，那一刻，三毛泪如泉涌。

许多时候，等待更能体现出对爱情的考验。彼此牵起的手，因为各种原因或许要暂时分离，分离后毅然等待，等待若干年后，再次牵上对方的手，才算修成正果。

芳心是事可可

自春来、惨绿愁红，芳心是事可可。日上花梢，莺穿柳带，犹压香衾卧。暖酥消、腻云亸，终日厌厌倦梳裹。无那。恨薄情一去，音书无个。

早知恁么、悔当初、不把雕鞍锁。向鸡窗，只与蛮笺象管，拘束教吟课。镇相随、莫抛躲，针线闲拈伴伊坐。和我。免使年少，光阴虚过。

——《定风波》（自春来）

不求轰轰烈烈，只渴盼平平淡淡，挽着恋人的手，静看云卷云舒，静静地互相陪伴，凡人的爱情就是这样，只羡鸳鸯不羡仙。

柳永由于年轻时候未能入仕，又经常书写反映市井生活的俚词，被许多文人雅士鄙视，这首《定风波》就直接被晏殊批评过。

柳永因为数次落第，曾经说过气话，扬言不再踏上仕途，但内心深处还是渴望仕途，越是表现的不在意说明越在乎，所以他在年过半百获得一个小官职时，为自己的大器晚成喜悦了好一阵子。

柳永未获得官职前，曾拜访过当时的宰相晏殊，希望得以引荐。但那时柳永已经因为《鹤冲天》得罪过皇帝宋仁宗了，柳永为此还自嘲说奉旨填词。晏殊遵守中庸之道，深谙官场法则，皇帝都不看好的人，谁敢和皇帝唱反调呢？为了与皇帝保持一致，自然也不看好柳永。

晏殊毫不客气地问柳永："你也写词吗？"言下之意是说：柳永百无一用，除了会写词，其他的什么也干不了吧！

柳永自然晓得晏殊的不客气，还是迎合地说："我只是作为消遣随便写着而已，和您写词的心理差不多。"

晏殊依旧不依不饶，又说："我是写过很多词，但我可从来不写'针线闲拈伴伊坐'这样的句子。"晏殊代表了当时绝大部分雅士的心声，他们内心是鄙视柳永的。

但这首含有"针线闲拈伴伊坐"的词却广受民间的欢迎，而柳永一生走的就是通俗文学的路子。

"自春来、惨绿愁红，芳心是事可可"，春天到了，看到红花绿叶都带着愁苦，自己也百无聊赖。"日上花梢，莺穿柳带，犹压香衾卧"，既然没事情做，一个懒女人的形象出来了，日上三竿了还睡懒觉，不仅懒惰，还邋遢不修边幅，"暖酥消、腻云嚲，终日厌厌倦梳裹"，头发乱了，也无心打扮。女子是在意自己相貌的，但词中女子却如此奇怪，不但不精心打扮，连最起码的梳洗都不做。

词人显然不是在斥责其懒惰，而是欲扬先抑，懒惰的原因马上揭示了出来。"无那。恨薄情一去，音书无个"，原来是因为空闺寂寞，索性消沉起来，情郎远去了，这个没良心的竟然连个书信也没有。其中"无那"是典型的口语。女为悦己者容，因为思念的人不在，打扮给谁看呢？

一个女子思念爱恋的人，爱恋的人负心而去，也或许是公事而去，让自己独自承载着相思之苦，却一点也不怜悯自己受伤的心灵，不来安慰自己，任凭自己独守空房。而懒惰也是为了缓解这样的寂寞，唯有在沉睡中才可以暂时忘掉抑郁，但沉睡和浓酒一样，在醒来后，这样寂寞的感觉更加强烈。

"早知恁么，悔当初、不把雕鞍锁，向鸡窗，只与蛮笺象管，拘束教吟课"，"恁么"又是一个口语，这句话是有别于其他词人的地方，其他词人的闺怨词描述的女主人公都有逆来顺受的性格。而柳永这首词里的女子却不是，她是一个敢爱敢恨的女子，早知道这样，就应该当初把他的马车锁起来，把他关在家里，光给他纸笔，免得他乱跑。女子对男子有干涉，虽然是因为爱情，但在当时而言，是属于很前卫的。

"镇相随、莫抛躲，针线闲拈伴伊坐"，如果真是把他的马车锁起来，把他关起来，那样就可以不用躲躲闪闪，可以与他为伴，做着针线活陪在他身边。这句话活脱脱地把一个撒娇的女子写出来，女子的需求很简单，就只是为了能依偎在心爱的人身边。依偎着，不求别的，只为能在一起相伴，让他聆听自己的牢骚，让自己坐在他的身边，慢慢地纺织，慢慢地缝缝补补，对于这个女子而言，或许不难实现，而这却是莫大的奢望。

"和我。免使年少，光阴虚过"，有情郎在，免得自己虚度光阴。而因为爱恋的人不在，所有的时间仿佛都是没有价值的，时光都流逝在思念回味里，自己的懒惰自己的不修边幅，自己的一切自暴自弃都是因为没有他在身边，都是让光阴虚过。

本是青春年华的女子，本来要梳妆打扮，为世界增加新的风采，在经过了与心上人一段美好的岁月后，过目不忘。直到有一天，心上人需要远行，而归程却渺渺无期，女子陷入了相思中，她为此惶恐不安，因为心爱的人像一阵风一样，再也寻不到踪迹，这些尚且还不是最悲哀的，最让心陷入荒芜的便是从此再也得不到他的消息，他也从来不主动写书信，她于是陷入惶恐了，是不是他的心中再也没有了她？她悔恨，她撒娇，她恨不得当初狠下心来，阻挡他的离去。

细腻的柳永关注着这样的女子，赋予了同情的泪水，他为她们作词，同时也在指责自己，因为自己也曾这样亏欠过其他女子，他在内心深处告诉自己：离别不要太久，分别一定不要忘情。

这首词写的是一个地位很普通的女子的抱怨，抱怨的好像不合情理，要求情郎能天天和自己相伴，所以，很多文人雅士鄙视柳永，但故事里的女人更是当时民间女子的缩影，表达了一种美好祝愿，虽然男子天天陪伴自己不现实，但还是满怀希望，正如人们说万事如意，不见得就一定万事如意，但还是要有美好的愿望。

词人柳永有一双敏锐的眼睛，所以他洞察了当时女子对爱情的渴慕，从一个女子的角度表达了对真爱的理解，而词中表达的女子追求真爱的思想正是当时底层女子所致力寻求的。

"薄情一去，音书无个"，这是女子没有安全感时的抱怨之语，爱恋中的男子，有义务给心爱的女子安全感，不断地为爱情制造浪漫。

一句"针线闲拈伴伊坐"，在当时被视为没有志气，却让人禁不住传颂，直到今天，这依然是爱情的美好境界。爱情饱受着考验，爱情容易破碎，当爱情从虚无缥缈的虚幻中重新定位，蓦然回首，"针线闲拈伴伊坐"也是一种幸福心境。

第二章

北宋后期

晏几道 | 豪门公子无心功名，成为一代言情圣手

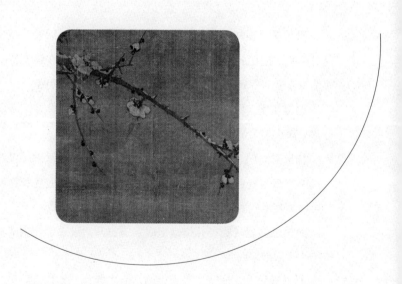

琵琶弦上说相思

梦后楼台高锁，酒醒帘幕低垂。去年春恨却来时。落花人独立，微雨燕双飞。

记得小蘋初见，两重心字罗衣。琵琶弦上说相思。当时明月在，曾照彩云归。

——《临江仙》（梦后楼台高锁）

当相逢遇到匆匆，心便莫名其妙的悸动，转身后发现爱情的世界变得荒芜，记忆的闸门却越来越丰富。多年后，站在烽火台上回眸，才发现流逝的不光是青春，还有永远不能再相逢的遗憾。

记得初见，因为感慨相见恨晚，遥想当时明月，才又平添惆怅。一切，都是因为爱情的味道，浓郁的爱情的味道。

他出身名门，却遇家道中落，天翻地覆的生活里感受世态炎凉，落魄中依旧傲视远方，在温柔里寻觅着慰藉，他一边枕着春梦轻眠，一边挥洒着柔软的词篇。

时光的转轮转到晏几道这里时，历史开始进入了北宋即将衰落的年代——宋神宗时代。

北宋开始走下坡路，晏家也同样由盛到衰，晏几道的父亲，著名的太平宰相晏殊经过六十四个春秋，走到生命的尽头，此后，晏家的繁华不再耀眼。

那一年，晏几道仅仅十七岁。

十七岁，一个叛逆的年龄，年少轻狂的晏几道在文坛上粉墨登场。

十七岁，一个爱做梦的年龄，对梦痴迷的晏几道，用梦装点着词作，把玫瑰色的梦幻融入作品里。他的近三百词篇，仿佛是一个回忆录，记录着挥之不去的旧时光。

十七岁，一个容易对女子产生爱慕的年龄，一旦爱了就深入骨髓的晏几道，用他的痴情震撼着天地。在他傲气愤世的外表后，隐藏着一颗敏感细腻而真诚的心。

在爱情上，晏几道是痴的，仿佛还透露着傻气，他一旦遇到倾心的女子，内心涌现的就是疯狂的情感，愿意舍弃一切，并捧出真心。

晏几道傲，晏几道也真。对待朋友，狂傲的晏几道从来不以身份看人，而是凭借感觉，对和自己投缘的，会掏心给别人，自己看不惯的任凭你什么身份也不理你。

晏几道的朋友很少，而他的真诚性格也导致他对待女子，一旦有了好感，痴心地死去活来。他的爱情世界里，注定是充满了欢笑和泪水。

因为真诚，晏几道在词中也坦诚，他在自己的词中公开写喜欢的女子姓名，他不顾及他人指责，晏殊是宰相，身上肩负的是齐家治国平天下的责任，晏几道只是浪子，他无所顾忌。

因为真，因为痴，所以晏几道的词中有关女子描写的词都是缠绵的，表现了痴情。比如，晏几道有一首词，叫《长相思》（长相思）："长相思，长相思。若问相思甚了期，除非相见时。长相思，长相思。欲把相思说似谁，浅情人不知。"词人如果不痴情，定然写不出这样的作品。相思什么时候能到头，这样的心情谁能理解呀？那些没这样深刻体验的人根本不明白。这首词体现了词人的寂寞忧苦，被相思折磨得简直没法活，又体现了想被理解却无人能懂的悲哀。

长相思，思来思去，都成了枕边的梦。梦里回到了那个浪漫的楼台，在那里寻觅心头的倩影。

那是令人陶醉的一天，他来到了好友陈君龙的家里，喝酒畅谈。陈君龙招家中歌女小苹（"蘋"通"苹"）为两人弹奏助兴。

当佳人抱着琵琶缓缓进屋，空气里弥漫着馥郁的香气，握着酒杯的晏几道浑身一颤，随意地一瞥，眼眸仿佛定格了。她那婀娜的身姿，穿着两重心字香熏过的罗衣，引发了他的遐思。那一刻，他想让时间就此停止，好能永久注目着佳人。

这位叫小苹的歌女缓缓地俯身、端坐，纤纤玉指拨动着琵琶。深情的歌声传到了晏几道的耳畔，如百灵鸟一样的歌喉里，演唱着相思的词。

小苹的每一个动作，每一次嘴唇的翕动，都让晏几道特别在意。酒一杯一杯，相思的歌曲一首一首，他微醉的眼神变得迷离。

不知不觉，夜幕笼罩了大地，明月露出影子。不知不觉，终于到了曲终人散的时候，小苹终于要退场，那时，明月照着小苹彩云般的身躯而去。

后来的日子里，晏几道时常挂念着小苹，小苹的名字经常出现在他的词里，"小苹微笑尽妖娆，浅注轻匀长淡静"，"小苹若解愁春暮，一笑留春春也住"。他动了情。

一见钟情，就爱上，就深深陷入进去，没有原因，就这样迷恋上，然后不断思念，不断欢喜和忧愁。

晏几道的性格里有小孩子的纯真，所以他爱得纯粹，不是逢场作戏，要么不爱，爱就要爱得深刻。张爱玲曾经说过："真心爱上一个人就是爱上了这个人的灵魂。"那时的晏几道，已经爱上了小苹的灵魂。

后来，当晏几道回忆这个场景时，写下了这首《临江仙》（梦后楼台高锁）。

"梦后楼台高锁，酒醒帘幕低垂"，甜蜜的梦醒后，独自来到高楼，想在这里寻觅当年的感觉，但门已经锁住，里面早是人去楼空，歌声仿佛还在，佳人却没了踪影，词人只好借酒让自己忘记，酒醒后看着帘幕低垂，一片萧瑟。

"去年春恨却来时"，梦里的美景，眼前的断肠，让词人想起了去年时分。

"落花人独立，微雨燕双飞"，这两句是晏几道引用他人的，原是五代翁宏所写，用在这里却恰到好处，落英缤纷，思念的人儿独自站着，细雨蒙蒙中，燕子成双成对地飞着。燕子是成双的，自己却是孤独的。

"记得小蘋初见，两重心字罗衣。琵琶弦上说相思。"那一次的见面，她穿着罗衣，上面绣着心字，因为当时令他着迷，所以她的衣着都深深地被自己记着。就在那个特定的环境里，她让晏几道这样迷恋上了，她用琵琶弹奏着相思的曲子，更打动了他的心坎。

"当时明月在，曾照彩云归"，一个"当时"写尽了惆怅，那时候明月照着她彩云般的身姿，可惜现在都是回忆了。明月还在，她已经不知身在何处。

鲁迅先生说过："无情未必真豪杰。"一个男子，尤其是在古代，过多地把目光放在女子身上，往往被视为没出息的表现，似乎温柔缠绵只属于女子，男子应该以天下为己任。所以，在其他词人的作品中，描写自己相思，从来都是以女子口吻叙述，这隐晦的表达，会博得关爱女子的美誉，也不会露出"没出息"的痕迹。所以，晏几道的直率、痴情、大胆，才更显得可贵。

当今的红尘男女，不见得每个人都有晏几道的才情，或许有的人不会用甜言蜜语表达爱情，但他们当中不乏痴情的人，他们为了女子的一笑一颦而动容，他们为了女子的未来幸福愿意付出汗水，虽然他们不擅长诗意的表达，却能用心灵和行动诠释着爱情。

如果一个女子遇到这样的痴情者，那就好好珍惜吧！痴，让爱情有了更丰富的韵味。

飞雨落花中

斗草阶前初见，穿针楼上曾逢。罗裙香露玉钗风。靓妆眉沁绿，羞脸粉生红。

流水便随春远，行云终与谁同。酒醒长恨锦屏空。相寻梦里路，飞雨落花中。

——《临江仙》（斗草阶前初见）

在爱情的世界里，一见钟情总是伴随着故事，然而不是每一束用心浇灌的树苗都会结出硕果。于是有了回忆，有了无奈。

二十世纪的武侠小说家古龙说过："爱情，既然你愿意享受它的喜悦，为何不能接受它带来的伤痛呢？"

在晏几道所处的年代里，他深深地体验了爱情的酸甜苦辣，面对窒息的环境，面对贫乱的生活，他把梦乡作为寄托，愿在梦中与心爱的人相遇。当面对每一个让自己动情的歌女，他或许有过"最好不相知，如此便可不相思"的体验。

晏几道最好的朋友，北宋著名的书法家黄庭坚曾分析过他的性格，说晏几道有四痴。第一，生活不安定，却坚决不借助裙带关系求人；第二，写词不随大流，坚持自己的主张；第三，为朋友可以肆意挥霍，虽家人生活捉襟见肘也毫不在意；第四，坚决相信好友。

黄庭坚很了解晏几道，晏几道的原则性很强，很有个性，很刚烈。在常人看来，这种性格很难相处，不好接近。如果在爱情上，应该会让女子望而却步，但恰恰相反，晏几道在爱情上出奇的柔情。因为人性是复杂的，刚烈者总是有柔的一面。此外，晏几道的个性还表现在对书籍的热爱上，他藏书很多，嗜书如命，什么都可以遗弃，但书籍不可以。为此，妻子抱怨他，但他理直气壮地说："这个是我宝贝，怎么可以随意丢弃？"

所以，黄庭坚的总结少了两个，那便是书痴和情痴。

从晏几道的词中可以知，令他魂牵梦绕的女子有四个，分别是小苹、小莲、小云、小鸿。

"斗草阶前初见，穿针楼上曾逢"，像和小苹的初见一样，词人再次一见钟情，第一次相遇就被吸引，第二次相见觉得珍贵，难得的两次见面令人难忘，而两次的见面竟然画上了句话，后来终于没再见过，添加了惆怅。

第一次的相见是在斗草时，这位女子与同伴一起，在晏几道的世界里，唯独自己被吸引了过去。第二次在穿针楼上重逢。斗草和穿针是当时两个节日的习俗，斗草是端午时的游戏，穿针是七夕节的习俗。从两个节日的相见来看，女子或许是一个平常的闺中女子，而不是歌女，所以只有这样的女子才在节日外出时被男子见到。

第一次相见，晏几道的心被彻底俘虏了，所以他狡黠地为自己创造见面的机会，端午后还有七夕可以见到，晏几道天天盼着，两个月的时间仿佛生了根，每一分钟都难以度过，直到七夕见面，内心紧张跳跃，那一刻，又仿佛感觉时间如白驹过隙，如此地匆匆。无奈，词人便继续陷入漫长的等待中，却等来了人去楼空。

"罗裙香露玉钗风。靓妆眉沁绿，羞脸粉生红"。她的裙子沾满了花丛中的露水，头上的玉钗在风中吹着。由于是节日，出门前要好好装扮，刚画了新的眉，她突然看到了他，脸上害羞地泛起了红潮。晏几道很多描写爱情的词都有记录女子姿态的句子，而不是单纯地只是抒发相思之情。

"流水便随春远，行云终与谁同"。天下无不散的宴席，代表希望的春天也早晚会离去，心目中的情影不知去了哪里，无法再联系，她像仙女一样，她的模样像仙女，她的来去匆匆也像仙女，她在凡尘中让自己动了情，现在不知飞向了何方。

"酒醒长恨锦屏空"，人不见了，词人只好借酒消愁，酒后却更加空虚。慰藉的最好办法就是在梦中寻觅了，于是痴迷于梦的晏几道又要在梦乡里实现无法实现的愿望了。

"相寻梦里路，飞雨落花中"，希望在梦中能相遇吧，虽然梦是假的，但也可以得到安慰，所以词人希望在梦里、飞雨中费尽心血寻找她，然后找到。

希望在梦里重温感情，这实在是太痴心了！相思之苦，为相思忧伤，唯有痴情如晏几道者才能体会其中滋味。

如今的世界，一见钟情的故事还在继续发生。辗转到一个陌生的地方，面对不熟悉的地位和风情，或许在公交车上，或许在一个旅游的地方，或许在其他人潮涌动的地方，忽然邂逅了一位异性，或许因为问路，或许因为帮助，或许因为各种各样的原因，忽然出现了交集，会有短暂的笑容和谈话，但那一刻，或许对对方的好感油然而生。但是总无法冒昧地询问对方所居何处。

短暂的交集后，彼此分开，成为过客，你不知道他（她），他（她）根本也不认识你，如同天上的一片云，偶尔停驻在人的心里。

从此再难相见，不见了，忽然牵挂了起来，忽然想念起来，忽然想到永远无法联系，就期待梦中继续重温，这样的感觉美妙而揪心。

歌尽桃花扇底风

彩袖殷勤捧玉钟。当年拚却醉颜红。舞低杨柳楼心月，歌尽桃花扇底风。

从别后，忆相逢，几回魂梦与君同，今宵剩把银釭照，犹恐相逢是梦中。

——《鹧鸪天》（彩袖殷勤捧玉钟）

爱情总是发生在寻梦的岁月里，但爱情的失意在梦的海洋里飘然而过，心中犹如浮上一层盐碱，像泪水一样咸。

晏几道出游，意外认识歌女，他经历坎坷，又愿意寻觅温柔乡，抚慰自己受伤的心灵。

痴情的晏几道曾经历过牢狱之灾。当时，适逢宰相王安石变法，一大批官员开始失势，随之遭殃的还有与那些官员来往过密的词人，像晏几道。当时，晏几道的好友郑侠上书《流民图》，阐述变法的危害，因此被下狱，有人找到晏几道平时与郑侠诗词来往的证据，于是晏几道也受牵连入狱。

当晏几道从鬼门关走了一遭，重新回到了现实，再次感受到世态炎凉，孤傲的性子却不因为受到了磕磕绊绊而改变，依旧是坚持自己的原则，为了排解生活的苦闷，便继续寻觅慰藉，与歌女的交往便更加顺理成章。

就在这时候，一个叫小莲的歌女给烦忧的晏几道带去了生活的情趣。小莲和小苹一样，都是好友陈君龙的歌女。而比起小苹来，晏几道在小莲身上的笔墨更加浓重。晏几道有一首《木兰花》（小莲未解论心素）："小莲未解论心素，狂似钿筝弦底柱。脸边霞散酒初醒，眉上月残人欲去。旧时家近章台住，尽日东风吹柳絮。生憎繁杏绿阴时，正碍粉墙偷眼觑。"

晏几道笔下的小莲是一个情趣十足的女子，相信她更受晏几道喜欢。小莲的性格特点在这首词中被描述得很充分，"小莲未解论心素，狂似钿筝弦底柱"，这是个任性不服输的女子，本来不谙世事，但还是表现得要强，却要把最近的心事借助古筝表达出来，一个"狂"字揭示了女子的个性。"脸边霞散酒初醒，眉上月残人欲去"，为了更好地"狂"，竟然饮起酒来，将自身的娇媚之气更加呈现出来，词人便为此而痴了。

"旧时家近章台住，尽日东风吹柳絮"，这个叫小莲的女孩子的住所在附近，但现在却在漂泊，词人关注底层女性，在这里表现的是同情。"生憎繁杏绿阴时，正碍粉墙偷眼觑"，最精彩的还是这最后一句，传神的表现了小莲的活泼大胆，她是一个追求真爱的女子，词人出现了，竟然偷偷地跑到杏子林里窥视，竟然恼恨绿阴满树，把自己的视线都给阻挡了，实在是可爱至极。这样活泼任性的女子，我见犹怜。

另一首《鹧鸪天》（梅蕊新妆桂叶眉）同样是描写小莲的："梅蕊新妆桂叶眉。小莲风韵出瑶池。云随《绿水》歌声转，雪绕红绡舞袖垂。伤别易，恨欢迟。惜无红棉为裁诗。行人莫便消魂去，汉渚星桥尚有期。"上阕描写小莲像天仙一般美丽，能歌善舞。下阕以小莲的口吻说思念，无法将感情寄去，劝人不要离去后忘记眷恋，因为牛郎织女尚且盼望一年一度的相会，何况凡尘男女呢？

　　"柳下笙歌庭院，花间姊妹秋千。记得春楼当日事，写向红窗夜月前。凭谁寄小莲。绛蜡等闲陪泪，吴蚕到了缠绵。绿鬓能供多少恨，未肯无情比断弦。今年老去年"。这首《破阵子》（柳下笙歌庭院）同样感人，仿佛就是在昨天，还见着小莲，但现在都已经远去了，春楼多少事都成了回忆，尤其是最后一句"今年老去年"，一年一年的老去，但一年一年的相思未曾改变。

　　在好友陈君龙的家中，这个叫小莲的歌女带给了晏几道无限的欢乐，于是，他的词中才有了她的影子。然而，歌女的命运总是飘忽不定的，随着好友陈君龙的大病，歌女们最后也不知去向，留给多情词人晏几道的更是无限的相思，和对梦想成真的希冀。

　　有些人，一旦分离，或许就是一辈子。晏几道奢望与她们再次相遇，再次聆听她们的歌声，欣赏她们的婀娜身躯，但明知道这些都是空幻想。他不再抱有幻想，只希望梦中能见到，已经心满意足。但有一天，竟然意外重逢。从没想过会遇到，竟然遇到了。

　　那一刻，词人的心跳动得厉害，两人四目相对，不知话从何说起，忽然又泪流满面，然后畅饮欢歌，然后再继续忍受马上要分别的苦痛。那天，词人在半醒半醉间情不自禁地写下这首《鹧鸪天》（彩袖殷勤捧玉钟）。

　　"彩袖殷勤捧玉钟。当年拼却醉颜红"，词人想起了第一次的谋面，小莲捧着杯子对自己劝酒，那时候多么温柔多情，让他畅饮的几乎醉去。

　　"舞低杨柳楼心月，歌尽桃花扇底风"。起舞的时候才月上眉梢，但感觉时光非常短暂，结束时已经到了深夜。那个晚上，他们尽情地欢乐，忘记了一切的烦恼，直到疲倦的连拿桃花扇的力气都没了。

　　"从别后，忆相逢"，离别后，天天思念，盼望着有朝一日还会见面。

　　"几回魂梦与君同，今宵剩把银缸照，犹恐相逢是梦中"，多少次，盼望着在梦中相见，由于思念太深，在梦中真的遇到过，还是照样一起欢乐，醒来是一片惆怅。而今天竟然真的遇到了，却总是不敢相信，仿佛还是在梦中。

　　最后一句道出了美梦成真的恍惚感和兴奋感，如同人们感觉意外，总会扪心自问："这不是在做梦吧？你使劲打我，看我有没有感觉，是不是在梦里呢？"别离后，盼望着梦到对方，这次的相逢，害怕是梦，因为梦醒后还要继续忍受分离之苦。

　　晏几道与小莲的最后一次交集便是小莲的信。词人收到了小莲寄给自己的信件，信的内容没有出现在词人的词作里，但他阅读信后的激动却被记录在《鹧鸪天》（手捻香笺忆小莲）中："手捻香笺忆小莲。欲将遗恨倩谁传。归来独卧逍遥夜，梦里相逢酩酊天。花易落，月难圆。只应花月似欢缘。秦筝算有心情在，试写离声入旧弦。"

　　当词人收到了小莲的信，拆开后，感受到字字珠玑，上面还带着女子写信时候的幽香，每一个字都让自己着迷，却更加回忆起难忘的岁月，只是小莲又不知飘向了何方，而自己也过着居无定所的生活，与她的感情终究是像花一样，容易飘落，像月亮一样，经常残缺。就算能表达自己悲情的古筝拿来弹奏，也不知道自己能否得到慰藉。

　　现在的人，已经很少用纸质的信件表达感情了，无论是爱情还是友情，所以，很难体会到古代那种寄信却无人可寄的感觉了，也更难体会到收到信后的激动了。只是，面对一个离别的倩影，固然能用更好的方式联系上，只是在未见面的时候，那种相思还是和那时一样。

梦入江南烟水路

梦入江南烟水路。行尽江南，不与离人遇。睡里消魂无说处。觉来惆怅消魂误。

欲尽此情书尺素。浮雁沈鱼，终了无凭据。却倚缓弦歌别绪。断肠移破秦筝柱。

————《蝶恋花》（梦入江南烟水路）

在爱情的词典里，有一种爱叫暗恋，独自体验二人世界，对爱情充满了幻想，所以，更容易与梦结缘。

曾经富有，恍然落魄，天翻地覆的改变更让晏几道愤世，同时也让晏几道自卑。当真诚敏感的晏几道遭遇了自卑，暗恋便成了他爱情中的必要环节。

晏几道的自卑不会轻易表现出来，但他的内心对于喜欢的歌女其实是有自卑感的，另外还有责任感，自己生活漂泊不定，也无法给心爱的人温暖。所以，他笔下回忆的与歌女交往的经历更好的说是一部暗恋史，晏几道因为自卑，几乎从不对心爱的歌女表达爱意，况且碍于朋友歌女的身份，也着实不好表达，所以，晏几道更多是在暗恋，表达着得不到又见不着的悲哀，而不是海誓山盟后分道扬镳的伤感。

晏几道的情感容易泛滥，常常一见钟情，认为可爱就是可爱了，不必计较别的，这正和自己的爱好原则相符。司马相如的诗歌里表达对女子的追求时说："有一美人兮，见之不忘，一日不见兮，思之如狂。"晏几道的暗恋就是这个样子。

或许晏几道最终追求的不是和美人相拥、共结连理，而是能时常看到就能心满意足。只是，随着朋友陈君龙的大病，歌女都不知去向，他左右不了世事，所以只能做梦了。

这首《蝶恋花》完全符合词人对"梦幻"的描写，晏几道的梦本身就是一首令人着迷的诗歌。

作家艾青的诗歌里有一句说："梦里走了许多路，醒来还是在床上。"然而，梦中的路也是繁重的，甚至饱受着更坎坷的心路历程。在晏几道的心目中，梦境总是带着诗意，尽管不一定都是美梦，但总是胜于无梦，在他的另一首词《阮郎归》（旧香残粉似当初）中，清晰地表达了这样的情感。"梦魂纵有也成虚，那堪和梦无"，虽然梦是虚假的，但能在梦中实现现实不能做的事情，也是一种凄凉的美，但有时连梦也没有，实在是更深的悲哀。

"梦入江南烟水路。行尽江南，不与离人遇"，词人梦里走向了江南，那里烟水迷蒙，特别有诗意，他要寻觅，寻觅伊人的情影，但已经踏遍了整个江南，还是没能与心爱的人相遇。做梦的时候没有身体的腰酸背痛，但一定有精神上的伤感，词人白天已经为情感问题断肠，做梦的时候仍然要经历这样一层。多情总比无情苦，由此可见，词人梦中经历了一段爱恋的历程。

"睡里消魂无说处。觉来惆怅消魂误"，词人睡梦中不但没遇到心爱的人，就连一个能明白自己的朋友也没出现，如果有，哪怕能诉说衷肠，被理解一下也好。醒来只能是更加的肝肠寸断。词人感觉梦并非是自己期待的梦，把自己耽误，又给了自己更深的烦恼。

"欲尽此情书尺素。浮雁沈鱼，终了无凭据"，词人希望赶紧把自己的心事公开表达，不再暗恋了，勇敢地面对自己，但写了以后，信最终也没有寄出去。这句类似词人父亲晏殊笔下的词"鸿雁在云鱼在水，惆怅此情难寄"。一切的希望都破灭了，这种感觉正如十九世纪英国诗人济慈的《夜莺颂》里表达的一样："孤寂！这个词儿好似一声钟响，使我又回到我独自站立的地方……这是幻觉，还是梦？歌声远了——我是在睡，还是醒？"

"倚缓弦歌别绪。断肠移破秦筝柱"，词人梦醒后，只好借助古筝抒发情感，但就算是把筝柱弹破了也无法把自己的感情抒发出来。

在这样的心境中，弹奏古筝只能使心绪更乱，把古筝弄得支离破碎也无济于事。喜欢的人从自己的世界消失，惆怅的词人欲求助于酒，酒入愁肠却更加忧愁；想在梦里相会，梦里也满足不了自己的愿望；想写信，却不知寄向何处；想用音乐抒发情感，但也无法道尽。这样无尽的失望日夜困扰着晏几道的后半生，所以，他笔下的酒，笔下的梦，都是一首首悲情的歌曲。一切的希望都幻灭了，最终只有通过笔下的宣泄，希望让一些熟悉的人或陌生的人，品读自己的悲哀，并产生共鸣给予远隔时空的安慰。

晏几道和柳永有一个共同点，他们都写俚词，因而被一些雅士所不齿，他们仿佛没有更远更大的抱负，没有为民谋福祉的壮志，但他们笔下的言情词影响着一代代人。

晏几道和柳永又是不同的，柳永一生赢得芳心无数，死后依然有很多红颜知己送上最后一程，晏几道却只有在梦幻里寻觅归属。

红尘男女，不知道有多少痴男怨女，情感总不会随着时代消弭，无论是北宋，还是现在。如同这个时代，很多男女不一定有齐家治国平天下的壮志，他们像那个杨柳岸边的柳永一样，像枕着梦境轻眠的晏几道一样，只希望拥有一个幸福的伴侣，一个把魂牵梦绕变成现实的世界。

许多人经过了暗恋，许多人经过了失恋，"睡里消魂无说处。觉来惆怅消魂误"，其中的滋味总是道不尽。

民国诗人戴望舒的《雨巷》被很多人所喜爱："在雨的哀曲里，

消了她的颜色，散了她的芬芳。消散了，甚至她的太息般的眼光，丁香般的惆怅。"这种惆怅的感觉太沉重，这样的感觉，只有爱过的人才明白。

朝云信断知何处

秋千院落重帘暮。彩笔闲来题绣户。墙头丹杏雨余花，门外绿杨风后絮。

朝云信断知何处。应作襄王春梦去。紫骝认得旧游踪，嘶过画桥东畔路。

——《木兰花》（秋千院落重帘暮）

对于痴情的人而言，爱情是不老的，老去的唯有对方的面容和自己的心，爱情不老，所以会怀旧，怀旧的滋味，混淆着酸甜苦辣。

晏几道的词作像一部回忆录，因为他是一个喜欢怀旧的人。在现实的愤懑中追梦，在梦醒后的惆怅里怀旧，这就是晏几道。

对于怀旧，当代作家王蒙有很好的说法："往者已矣，尚有记忆，尚有可回想、可为之一恸一笑者也。"晏几道性格中充满了敏感，不必刻意的怀旧，旧事总会无形地涌上心头。而怀旧的对象多是心爱的女子，尤其是和小莲、小苹、小鸿、小云当日在一起的时候，欢笑有多浓，失去了以后，便感觉遗憾有多锥心。

晏几道一生经历了家族的兴衰，经历了生活的困境，经历了牢狱之灾，或许唯一能使他找到心灵皈依的便是这些温存的女子。

爱情是缓解忧患人生中的疼痛的良药，有爱情，晏几道便不会寂寞，有心动的女子让自己看到，晏几道便忘记了人生的不快。

爱情就是晏几道坚守的信仰，如同痴情的鸟找到温馨的巢穴。当最后的信仰也被破坏得体无完肤，晏几道的内心世界濒临崩溃。

"秋千院落重帘暮。彩笔闲来题绣户"。在古代的社会里，荡秋千是为数不多的女子的娱乐活动。词人曾经看过佳人在秋千架下的多彩多姿，现在他又路过了这个院落，感觉院落里还飘着欢笑声，仿佛看到了女子婀娜多姿的影子，但定眼一看，原来都是幻觉，秋千还在，在风中摇摆，只是上面空荡荡的，秋千架已经落满了灰尘。那重重的帘幕也低垂着，以前，她经常闲来无事在门前题诗，但现在一切都变了，院子里已经是冷冷清清的。

"墙头丹杏雨余花，门外绿杨风后絮"。那时候，她在院内，他在门外，他看到她出落得如同杏雨打湿的花儿，那么的美丽，那么的娇嫩欲滴，而他，就如同随风飘荡的杨柳风絮。

"朝云信断知何处。应作襄王春梦去"，现在，她已经远去了，不知在何处。词人苦恼了，因为无法联系，她像云一样飘忽不定。词人只有把希望寄托在梦里，希望做一个襄王春梦。在深深的孤寂的院落里，词人徘徊于秋千架周围，想到了那个美丽的传说：楚襄王偶遇神女，神女愿意与他行云雨之事。每遇到悲情，每遇到回忆，梦便成为晏几道唯一的寄托。

"紫骝认得旧游踪，嘶过画桥东畔路"，最后一句实在凄凉，传神。连马儿都能认识曾经走过的路，嘶叫着跑向画桥东边，而何况是人呢？词人没有直接说希望找到女子的住所，而是以马儿的行为传神地表达出了思恋。

晏几道的人生是悲剧的，他像回忆录一样的词中饱含着对心爱女子的追忆，但这些心声更多属于单相思，未必被每一个女子所认可和聆听，但晏几道仍然愿意孤芳自赏，或许他要找到的就是这样一种感觉。而这种感觉一旦被打破，就会变得庸俗不堪，晏几道几乎没在肉体上出轨，但屡屡在精神上游离。

假如晏几道魂牵梦绕的歌女还在他身边，假如他还能轻易听到她们的歌声，还能轻易见到她们的芳容，那这样的痴情或许会打了折扣，那时候，晏几道笔下将多了更多艳丽的词，却少了这样带着原汁原味的思念浓郁的词。因此，有时候，不完美的感觉更让人回味无穷。

"醉中同尽一杯欢，醉后各成孤枕梦""从来往事都如梦，伤心最是醉归时""新酒又添残酒困，今春不减前春恨"。晏几道的每一个梦都饱含着炽烈的感觉，所以每一个梦都可以有诗意。

孤独自傲的个性，好友很少，不愿对世界低头，注定晏几道孤独一生。苦闷时候几乎没有朋友可以倾诉，身边找不到有共同语言的人，他唯一的选择只能是通过梦，在那里寻找寄托。

在爱情面前，晏几道不能轻易放下，终日自寻烦恼。他生活在自己给自己制造的烦恼里不能自拔，又在寻觅希望的梦破碎后找不到出路。但他仍然被人称道，因为他的真情。

晏几道过了古稀之年不久后去世，他一生坎坷，经过了家族巨变，经过了不被世界包容，他也本来不愿投身于世俗的旋涡中，经过了与歌女的悲欢离合，但他最自豪的仍然是对女子的回忆，这些让他滴血写下的，让更多人为之动情的词。

哀莫大于心死，晏几道的悲情世界里，他应该深深得体验了这样的心境。但他依然在幻想和惆怅中生活，没有产生厌世轻生的极端念头，他只愿意独自承受悲苦。

爱情是让人疯狂的事情。俄国作家普希金可以为爱情而与人决斗，沈从文为追求张兆和而疯狂地想轻生，这都让人们对神秘的爱情叹为观止，使人们在感慨之余恍然大悟，原来，爱情值得用生命去付出，哪怕遍体鳞伤，哪怕粉身碎骨，都在所不惜。

晏几道因为爱慕歌女而空虚，最终并没有因此而绝望，他没有通过极端的方式来结束自己生命，却一生在爱与痛中，痴与怨中挣扎。

《庄子》里记载着一个感人至深的故事，两条鱼，因为泉水干枯，只好互相吐着沫为对方湿润，因为有爱，所以微薄的温暖会产生巨大的力量。然而，他们依然要各自回到各自的生活圈子里，消失在江湖中。

所以，人们读懂了这个故事，不能相濡以沫不如相忘于江湖。

晏几道的词充满了诗情画意，晏几道的人生却悲苦，当今天的人们面对缠绕在自己心头的旧情，何必自寻烦恼徒增悲伤？过去的美丽或许值得记忆，但更该埋藏在内心深处，随着时间的推移而渐渐淡去。

苏轼 | 豪放词人的用情至深，你读懂了吗

十年生死两茫茫

　　十年生死两茫茫。不思量。自难忘。千里孤坟，无处话凄凉。纵使相逢应不识，尘满面、鬓如霜。

　　夜来幽梦忽还乡。小轩窗，正梳妆。相顾无言，唯有泪千行。料得年年肠断处，明月夜、短松冈。

——《江城子·乙卯正月二十日夜记梦》

　　生与死的距离到底有多长？思念不仅是天各一方，独倚高楼望尽天涯路，也是阴阳相离，在残月下痴痴地守护着孤坟，想穿越时空，却找不到归宿。

　　爱得浓烈，因而难忘，撕心裂肺的呼唤，唯有回音的余波和自己相伴，凄凉的深处是断肠。

　　他带着"大江东去"的豪迈回眸历史，他在"但愿人长久"的希冀里凝想人生，他的名字叫苏轼。

　　作为北宋豪放派的代表词人，苏轼留给后世的经典词作大多充满了力量，让人在窒息的人生中畅怀，他一生为人坦荡，对百姓务实。除了词人的身份，苏轼的散文、书法都是一流，但常常被后人忽略的是，苏轼还是一个不折不扣的哲学家。苏轼对人生充满了思索，平常简单的生活细节，在苏轼的眼中，会慢慢延伸出哲理，他的诗《题西林壁》说明了这一点："横看成岭侧成峰，远处高低各不同，不识庐山真面目，只缘身在此山中。"要想看清，需要超脱。

　　《水调歌头》（明月几时有）中说"人有悲欢离合，月有阴晴圆缺，此事古难全"，将自然界的现象引申到哲学的境界，体现了一个哲学家的智慧。

苏轼的性情是乐观的，他在官场的一生经历过数次不得志，但每一次都坦然面对，没有一蹶不振。天大的困难到了他的面前，似乎都有超脱的理由，他在著名的《浣溪沙·游蕲水清泉寺》里写道："谁道人生无再少？门前流水尚能西！休将白发唱黄鸡。"词人书写这首词时候，正处于人生的低谷，遭遇乌台诗案的打击，但这样的逆境算什么呢？流水都有往西的时候，人生更是有意外的欢喜。

苏轼豁达，然而，这一首《江城子·乙卯正月二十日夜记梦》是个例外。唯独在这首词里，词人没有用宽广的胸怀阐述哲理，没有透露出积极向上的能量。这首词向人们证明，豪放派词人中也有婉约的一面，情到深处便有血般的吟唱。

那一年，苏轼十九岁，正是风华正茂的年纪，身处封建社会，他和每一个青年人一样，在爱情上困在父母之命、媒妁之言的樊笼，这样的樊笼让苏轼压抑，他想得到超脱，便准备坚持独身，做一个无牵无挂的隐士。

只是，那一年，苏轼遇到了王弗，让他坚守了数年的独身梦开始动摇。在距离苏轼家乡十几里的一个地方，有一个天然的鱼塘，鱼儿调皮地在池塘里游玩，每当游人招手，鱼儿便会游上来与众人招呼。

王方是进士出身，一位在当地颇有名望的人，他喜欢这个鱼塘，但感觉美中不足，因为鱼塘没有名字，那时候，他有一个女儿，年方二八。王方忽然脑海中灵光一闪，何不广邀众多才子前来为池塘命名？一来可以让池塘有了名字，二来可以暗中选择女婿。王方便按照自己的想法，邀请很多学子为鱼塘取名字，学子们前来尝试，却始终未得到王方的点头。那时候，女儿王弗就在鱼塘不远处一间屋子的帘子后，饱读诗书的她也想为鱼塘取个名字，便陷入苦思冥想中。

苏轼就这样偶然地出现在鱼塘边，经过了一番思考，他围绕着鱼塘慢慢踱步，最后想到了一个名字"唤鱼池"，王方听到这个名字，眼前一亮，颇为得意，认可了苏轼的命名，从此，这个鱼塘有了正式的名字。

而就在苏轼说出"唤鱼池"三个字的时候，帘子后面的王弗刚用笔在纸上写下"唤鱼池"三个字，两人竟然同时想到了一个名字。

由于这一个小小的插曲，苏轼就顺理成章地认识了王弗，那一刻，王弗风情万种，苏才子春心萌动，他坚持独身的想法开始崩溃，因为以前没有遇到这样心动的人。

然而，现实总是有磕磕绊绊的，苏轼的婚姻依然受到家庭的制约，苏轼的父亲苏洵反对这门亲事。只是，那个时候一个意外发生，苏轼的姐姐也是秉承父母之命有了婚姻，但生活不幸，苏洵终于悔悟，害怕苏轼也生活得如此，便答应了两人的婚事。

渐渐地，苏轼和王弗结为秦晋之好。王弗知书明理、文静，苏轼豁达但有时候固执，婚后，王弗尝试着了解苏轼，并百般迁就着苏轼的脾气，无论在文学上还是仕途上，她都在幕后发表着一些独到的见解，成为苏轼的贤内助。

婚后的王弗对苏轼进行了许多干涉，这些干涉都是因为爱，也可以从中说明苏轼的性格。苏轼容易得罪人，所以王弗才不放心，她关心苏轼在朝堂上的点滴，当有客人来时，她也经常在屏风后面窃听，她这么做有失体统，但为了爱，她还是这么做。她多次劝诫苏轼远离一些小人，因为苏轼容易相信别人，缺乏机警。

然而好景不长，苏轼内心中相伴一生的人儿却因病去世，让苏轼备受打击。

苏轼是一个用情专一的人，一旦爱对方便要死心塌地，数年的婚姻生活，他和王弗已经达到了相濡以沫的地步。随着王弗的去世，那些浓得化不开的情感天塌般地远去，留给苏轼的是满腔的悲伤。

苏轼一生受过政敌的迫害，受过皇帝的猜疑，他从来都不曾悲哀，都是笑对这个世界，唯有王弗的去世，让他痛不欲生。时过境迁，他的悲凉思念却没有因为时间而淡化，反而更加浓烈。

"十年生死两茫茫。不思量。自难忘……"苏轼写这首词的时候，身处密州，那时他已经有了第二任妻子，王弗的堂妹王润之，他之所以娶王润之或许也是为了缅怀王弗，因为他想从这里找到王弗的影子，而王润之与苏轼生活的时代正是苏轼官场生活低谷时，她任劳任怨地陪着苏轼，无怨无悔。

那天是王弗的忌日，已经整整十年了，人到中年的苏轼心中有着矛盾，心中无时无刻不在回忆王弗，但感觉对不住王润之，王润之知道丈夫思念堂姐，也没有任何不舒服，只是更加钦佩苏轼有情有义。

然而，无论如何，苏轼也要顾及王润之的感觉，不可能每时每刻都花时间去思念王弗。但尽管如此，苏轼对王弗的思念还是不曾断去，正是"不思量。自难忘"。王弗已经深深地刻在了苏轼的心里，尽管红颜已经远去。

"千里孤坟，无处话凄凉"。在苏轼的眼中，王弗还没有死，只不过去了另一个地方，被坟墓上的厚土阻隔，她在那里如往昔一样生活着。这样的痴语，这样的疯癫行为，唯有爱到极致才有。在苏轼看来，王弗还在，只是太孤独了，她在一个孤坟里，相隔很远，无法向他诉说生活的不如意。

"纵使相逢应不识，尘满面、鬓如霜"，苏轼已经人到中年了，坎坷的生活，跌宕起伏的人生，在政治上受到政敌的打击，对亡妻泪已成殇的怀念，让本来四十岁左右的他仿佛苍老了几十岁。所以，即便现在王弗见了自己，一定无法认出来了。

"夜来幽梦忽还乡。小轩窗，正梳妆"，正是这样的思念，才出现了梦，正是因为这梦，才抒发了心中的情愫。词人做了一个梦，在梦里又见到了王弗，还是当年的模样，还是在当年的梳妆台前，默默地梳头。在梦里，或许词人早已经忘记了眼前这个女子已经离开了十年。

"相顾无言，唯有泪千行"，本来按照常理，见了面，该有诸多的话向对方倾诉，但竟然无言，无言的背后却饱含着更加炽烈的感情，因为"此处无声胜有声"。词人在生活中怀念王弗，他无数次幻想着将来有一天，王弗会和自己再次相见，那时候或许会有许多话要说，但到了梦里，却只有泪流满面。

"料得年年肠断处，明月夜、短松冈"，词人心中已经抑郁，但回到现实后，感觉王弗依然在孤坟中悲哀，在每一年的这个时候，她同样在明月下断肠。

在王弗去世的时候，苏轼按照父亲苏洵的要求，将王弗的坟墓安置在苏轼母亲坟墓旁边，苏轼在王弗坟墓周围，亲自栽种了许多松柏，每一棵都象征着苏轼的心血。每一棵松柏都是相思树，亲自为心爱的人种下，虽然阴阳相隔，依然让心爱的人感受爱情的温度。

渐渐地，松柏已参天，为王弗的孤坟撑起一片阴凉。那一刻，苏轼的心中不断凝想，王弗，你是否寂寞？

踏遍天涯海角，流尽泼墨般的泪水，去寻觅已经逝去的佳人，却总无法逾越生与死的门槛。相思演变成了绝望，二人的世界变成了独角戏，用生命回顾生命，便铸造了爱情的伟大。

似花还似非花

似花还似非花，也无人惜从教坠。抛家傍路，思量却是，无情有思。萦损柔肠，困酣娇眼，欲开还闭。梦随风万里，寻郎去处，又还被、莺呼起。

不恨此花飞尽，恨西园、落红难缀。晓来雨过，遗踪何在，一池萍碎。春色三分，二分尘土，一分流水。细看来，不是杨花，点点是离人泪。

——《水龙吟·次韵章质夫杨花词》

爱情因绚丽而存在，徜徉在爱情的天地里，不再有四季，满眼的情丝都凝聚成春色般的诗意。唯有离别，会打破春意的盎然，让点点滴滴的离人泪洒向大地。

苏轼是一个很风趣幽默的人，某次他去别人家赴宴，有一个盘子里是四个黄雀，有个人没有礼貌，连续吃了三个，把最后一个给苏轼吃，苏轼摆摆手，说："还是你吃吧，否则那三个黄雀就没有伴了。"

又有一次，苏轼因为生活窘迫，买不起羊肉，便吃羊脊骨，他给弟弟苏辙写信说："羊骨头吃起来就像吃螃蟹吃鱼一样，不过狗听了这话可能会不高兴。"

苏轼的这种作风是典型的乐天派，他说话幽默，但讽刺起人来也是不留情，所以树敌很多。苏轼在仕途上屡次被贬，但性格又豁达，所以每次被贬总会乐观对待。

苏轼的名作《水调歌头》（明月几时有）和这首《水龙吟·次韵章质夫杨花词》都是被贬后而作，但是词人很谨慎，里面本是描写自己受排挤的哀怨，却没有公开表露。苏轼之所以学乖是因为"乌台诗案"。他是一个政坛上的悲剧人物，先是反对王安石变法，得罪了新党，但后来又反对司马光的守旧，又得罪旧党，最后弄得里外不是人，他没有站在任何一方寻求庇护，而是坚持自己的主张，这是他性格中刚毅的一面。政敌们便制造文字狱，说他的文章有对朝廷不敬的地方。经过这件事，虽然风波过去了，但他在文字里学会了谨慎。

这首《水龙吟·次韵章质夫杨花词》，表面在写闺怨，其实是词人内心的抑郁。这是苏轼写的为数不多的闺怨作品。他完全是在掩人耳目，大家都写闺怨，我也写，你们应该不会再找任何理由攻击我了。尽管苏轼这首词"醉翁之意不在酒"，但这首词也不失为歌颂爱情的佳作。

这首词的灵感来自苏轼的同僚好友章质夫，章质夫本来作了一首《水龙吟》（燕忙莺懒芳残）："燕忙莺懒芳残，正堤上、柳花飘坠。轻飞乱舞，点画青林，全无才思。闲趁游丝，静临深院，日长门闭。傍珠帘散漫，垂垂欲下，依前被、风扶起。兰帐玉人睡觉，怪青衣、雪沾琼缀。绣床渐满，香球无数，才圆却碎。时见蜂儿，仰粘轻粉，鱼吞池水。望章台路杳，金鞍游荡，有盈盈泪。"苏轼的《水龙吟》是次韵之作，依照章质夫这首词的原韵而写。

"似花还似非花，也无人惜从教坠"，杨花是一种容易被忽略的花，既然引不起人的注意，落地漂泊自然也无人怜悯。词人写这首词，正是被贬到黄州的第二年，而章质夫也去外地上任，词人笔下的杨花正是像章质夫一样的漂泊者，像自己一样的受挫者。

"抛家傍路，思量却是，无情有思"，词人用了一个"家"字，增加了词的韵味。杨花的家就是柳树。杨花离了家，四处飘荡，看似无情，可是离家后思念之情便油然而生。

"萦损柔肠，困酣娇眼，欲开还闭"，柳树的枝条仿佛女子相思的柔肠，柳叶正如女子的眼睛，想睁开却太疲倦了。

"梦随风万里，寻郎去处，又还被、莺呼起"，女子深深思恋着郎君，想在梦中实现与郎君会面的景象，但黄莺一叫，自己的美梦就被惊醒。

"不恨此花飞尽，恨西园、落红难缀"，不必恼恨杨花飞尽了，要怪只能怪园子里百花凋零。

"晓来雨过，遗踪何在，一池萍碎"，春雨过后，这些杨花到了何处？看到池塘方知，它们最终成为碎碎的浮萍了。词人在这里显然暗示自己的命运多舛和支离的人生。

"春色三分，二分尘土，一分流水"，杨花也如春天，三分之二的春天落入泥土，三分之一的春天被流水冲去。

"细看来，不是杨花，点点是离人泪"，最神奇的句子便是这句了，仔细看，水中飘荡的哪里是什么杨花，分明是离人的泪水。

整首词多处用拟人和比喻，把离别的人和思念的人同时用比喻，超越了一般的闺怨词。

"萦损柔肠，困酣娇眼，欲开还闭"，离别，是亘古不变的话题，作家梁实秋曾说："遥想古人送别，也是一种雅人深致。古时交通不便，再见不知何年，所以南浦唱支骊歌，灞桥折条杨柳，都饱含深情。"世界上最深的情总是埋藏内心深处，所以才有了"细看来不是杨花，点点是离人泪"的千古绝唱。

今天的爱情世界里，离别仍然伴随，恋人间的久别、暂别，都是让人揪心，只是随着时代的变迁，随着联系方式的便捷，这种揪心多了一些安慰，所以少了那些断肠的情思，更多的是带着希望的等待。

多情却被无情恼

花褪残红青杏小。燕子飞时,绿水人家绕。枝上柳绵吹又少,天涯何处无芳草!

墙里秋千墙外道。墙外行人,墙里佳人笑。笑渐不闻声渐悄。多情却被无情恼。

——《蝶恋花·春景》

他融入了她的世界,她也浸透了他的世界,他们在彼此的世界里迷恋,忘乎所以,这就叫爱情。爱情让两个世界变为一个世界。一个围墙阻隔成两个世界,暗恋是一个世界想跨越围墙步入另一个世界。

墙里墙外,秋千笑声,演绎着一段浪漫的爱恋。

这是一首只有苏轼的妻子才解其中味的词,这是一首苏轼后来不忍听到的词。

苏轼一生有过三任妻子,这三任妻子都是红颜薄命,先苏轼而去。其中,第三任妻子王朝云被苏轼视为红颜知己。她原是苏轼买来的侍妾,在苏轼的第二任妻子王润之去世后,做了正室。苏轼一生命运多舛,但三个妻子都愿意与他共患难。

苏轼虽然娶了三个妻子,但依然被视为专一的男人。他对待每一个妻子都是用心的,把自身的感情倾注给了她们。

人到中年的苏轼和王朝云过着甜蜜的夫妻生活,尽管苏轼在政治上不得志,但家中有这样的娇妻,让他的抑郁生活暂时得到了缓解。有一天,两人闲坐中,苏轼对王朝云说:"你说喜欢我写的《蝶恋花》,现在就唱一首吧!"

王朝云清清嗓子,准备唱,却发觉泪水已经涌现,苏轼很诧异。

王朝云说："枝上柳绵吹又少，天涯何处无芳草！老爷您对朝廷这么忠心，却落得这样的下场，我知道您是在安慰自己，天涯处处是生机，但您内心是苦闷的。"

苏轼一愣，叹息说："还是你懂我。"伯牙弹奏的《高山流水》，几乎无人懂得，一个叫钟子期的樵夫却深深地理解了其中的韵味，钟子期去世了，伯牙伤心地把琴摔掉，感叹从此没有了知音。

王朝云最终也离开了苏轼，苏轼伤心欲绝，从此再也不让别人在自己面前弹唱这首只有王朝云才懂的词。

"花褪残红青杏小。燕子飞时，绿水人家绕"，春天要到尽头了，杏树上已经出现了青涩的果实。燕子飞了，河流的水围绕着许多人家。正常不过的自然规律，却引发了词人的感叹。

"枝上柳绵吹又少，天涯何处无芳草"，柳树上的柳絮也渐渐被吹落了，但何必伤心，到处都有茂盛的花草。在词人看来，没有什么大不了的事情，人生的挫折不足挂齿，处处都有值得高兴的事，这种境界正如李白"人生得意须尽欢"那般豁达。

"墙里秋千墙外道。墙外行人，墙里佳人笑"，人生有许多的偶遇，有的偶遇造就着传奇，有的偶遇最终只能在遗憾中追忆。春天已逝，百花凋零，一个落魄的少年偶然经过了一个院落，一个围墙分离出两个世界，一个世界里充满欢笑，一个世界里却带着淡淡的忧愁，那忧愁世界里的人想进入欢笑的世界，而欢笑的世界却浑然不知，墙内的那个荡着秋千的佳人，她的声音是如此甜美，她穿着什么样的衣服？留着什么样的发髻？少年的内心充满了疑问，仿佛醉在那美好的声音里。

"笑渐不闻声渐悄，多情却被无情恼"，那个少年好希望把时间留住，希望仔细聆听那少女的欢笑声，每一个笑都是那么富有韵味，但总有停下来的时候，那笑渐渐远去了，仿佛青春年华一样早晚要消失，那少女不知去做什么了，自己只是自寻烦恼而已，这样的多情最终要被无情打击。

"墙里秋千墙外道"，一个墙，两个世界。在苏轼的传奇人生里，也曾经有这样一个墙里墙外的故事。那是在苏轼被贬惠州的时候，他把人生的乐趣放在了与民同乐中，放在年少时候所期待的隐士生活中，于是他在一个叫白鹤峰的地方买了土地，盖上了几间屋子，怡然自乐。

苏轼想不到的是，那时候惠州有一个少女正为他的到来欢天喜地。这个少女叫温超超，已经到了谈婚论嫁的年龄，却一直拒绝父母为自己选择的婚事，原来，她心目中已经把苏轼当成了自己的归属。

当苏轼来惠州的事情被公开，她的芳心开始雀跃，在心中不断告诉自己："我要找的人终于来了。"于是，温超超不顾少女的矜持，时常来到苏轼居住的屋子周围。在夜深人静的时候，苏轼总爱在屋子里吟唱自己的词作，温超超便偷偷地在窗外聆听，听得特别出神，甚至也轻轻地和着旋律唱上几句。

渐渐地，苏轼终于发现了窗外的声音。有一次，苏轼打开了窗户，想看个究竟，温超超迅速逃离，只留下淡淡的少女香气在苏轼的窗前飘荡。

苏轼最终打听到，原来这位叫温超超的少女一直仰慕自己，经常阅读自己的词作，且有很深的感触，心中把他当作了意中人，非己不嫁。但苏轼为人正直，并没有利用少女对自己的感情，他不想耽误了少女的一生，他希望给女孩解释清楚。

而数日后，皇帝宋哲宗的一道圣旨搅乱了苏轼在惠州的人生，苏轼再次被贬到更遥远的琼州，且需要马上赴任，走得匆忙的苏轼忘记了温超超。

温超超得知苏轼到了琼州，感觉再没有见面的机会，从此变得郁郁寡欢，以泪洗面。她还是独自一个人经常到苏轼曾经生活的屋子外面徘徊，后来竟抑郁而病入膏肓。温超超临终前，还是念念不忘苏轼，总是询问苏轼回来了没有。弥留之际，她要求把自己的坟墓安置在一个沙丘旁，希望在死后能等到苏轼从琼州归来。

又过了三年，宋哲宗的弟弟宋徽宗继位，苏轼终于得以返回，当他经过惠州时，才听说了温超超已经去世的消息。他来到温超超的坟墓前，百感交集，潸然泪下，作了一首《卜算子》（缺月挂梧桐）来悼念这位少女："缺月挂疏桐，漏断人初静。谁见幽人独往来，缥缈孤鸿影。惊起却回头，有恨无人省。拣尽寒枝不肯栖，寂寞沙洲冷。"曾经在苏轼的窗前，幽人独往来，但现在已经香消玉殒，只剩下了"寂寞沙洲冷"。

墙内的少女不知墙外少年的多情，窗内的苏轼成全不了窗外少女的春心，到如今，坟外的苏轼知道了坟内的孤魂的痴心，却已经成为遗憾。

有人说："世界上最遥远的距离不是生与死，而是我站在你身边，你却不知道我爱你。"一堵高墙阻止了两个世界，这样的暗恋虽然有诗意，但作为现在的人，矜持已经变得遥远。所以爱要大胆地表达出来，不要让遗憾成为一辈子，莫让多情被无情冲击。

李之仪 | 爱情就那么简单，想你我会直说

日日思君不见君

我住长江头，君住长江尾。日日思君不见君，共饮长江水。

此水几时休，此恨何时已。只愿君心似我心，定不负相思意。

——《卜算子》（我住长江头）

同处异地造就了连绵起伏的心，共同的愿望让思念有了寄托，爱情是一种等待，一种许诺，心心相印让爱不再寂寞。

苏轼有一个密友，这个密友和他一生交往甚密，便是李之仪。他的文学成就不如苏轼，却被苏轼推崇，他的文笔被苏轼称为"人刀笔三昧"。

这首《卜算子》（我住长江头）用语浅白，通俗易懂，长江水不会流尽，这首词也流传了近千年。那时的长江水，也是这样以宽广包容的姿态流动着，鬓角有了几缕白发的李之仪和一个娇媚的女子来到了江边。

李之仪望着悠悠江水，感叹着人生的浮沉，短短的数日，接连不断的打击，让他一下子苍老了许多。得罪了权臣蔡京，被贬到荒凉的太平州，流年不利，女儿和儿子忽然先后夭折。这些打击还不够，妻子胡淑修又去世，实在是晴天霹雳。

望着悠悠江水，李之仪想起了妻子胡淑修，他希望死的是自己，而不是妻子。胡淑修不仅是他妻子，也是他的恩人，他受蔡京的迫害入狱，胡淑修四处寻找关系为自己说情，花费重金寻找免他罪的证据，终于让他脱离了牢狱之灾。

滔滔不绝的江水流动着，李之仪望着悠悠天地，心中为思念胡淑修涌上悲哀。他望着眼前的女子，女子也正风情万种地望着他。如果不是这个女子——杨姝的出现，他的心早已经崩溃。

杨姝与李之仪的相遇是偶然的，她本来是歌女，她与李之仪相见甚欢，得知了李之仪的遭遇，便为他弹奏一曲《履霜操》，曲子悲壮激昂，叙述了一个典故：周朝人伯奇被后母所陷害，被逐出家门，伯奇清晨走在带霜的草地上，为自己的无辜而伤心，于是作《履霜操》。

李之仪听得泪流满面，这曲子简直贴近自己，自己被朝廷不容，被迫来到一个不毛之地，孩子和妻子都离世，偌大的世界里，他只有满腔的凄凉。从此，杨姝成为李之仪的红颜知己，他为她写词，她为他弹奏，他哀伤的心渐渐平静。

那时，杨姝只有十八岁，李之仪已将步入耳顺之年（五十九岁）。一见钟情让两人忘记了年龄的差距。他们时常携手到美丽的山峰，到美丽的溪水旁，垂钓与弹奏。

此刻，李之仪望着长江水，想起了自己的妻子胡淑修，望不见的那边，是否胡淑修正站着？他在长江上游，她是否就在长江下游思恋着自己？微风吹来，李之仪一阵冷颤，凝眸看杨娇正含情脉脉地望着自己，心中百感交集，他忽然间害怕起来，害怕眼前的佳人有一天会远离自己，害怕这只是一场梦，梦醒后自己的手变得无力，什么也不能抓住。这一刻，李之仪紧张起来，仿佛眼前的杨姝正在离自己远去，好像一阵风一样飘荡到了长江之上，随流水而去。

就在这一刻，万般情绪涌上李之仪的心头，使他写下了这首千古流传的《卜算子》。那一刻，词人想到的是，愿天下有情人都能成为眷属。这首朴实无华的词深深打动了杨姝，终于让她鼓起勇气，嫁给李之仪。嫁给李之仪，无疑要让李之仪困境重重，因为自己歌女的身份会让李之仪的政敌找到讥讽、排挤的借口，但李之仪性格刚烈，敢于挑战世俗，为了真爱，公开大胆地迎娶她。

李之仪是一个特别重视义气的人，有两件事情可以证明。第一，他真心为朋友两肋插刀。苏轼屡次被贬甚至因为乌台诗案坐牢，苏轼的朋友都纷纷躲避，但李之仪没有，他还拼命地联系朝中关系为苏轼奔走。第二，李之仪的老师范纯仁去世，李之仪冒着危险为他向朝廷上遗表。当时，范纯仁被朝廷视为戴罪之身，李之仪做这些事情都是挑战权贵的，而他的这种坚持正义的做法得罪了权臣蔡京，后来虽入狱，但不改气节。

当李之仪和杨姝的爱情受了打击，李之仪的刚毅性格依然不变，当年为苏轼、为范纯仁正义呼告，不惜得罪权贵，现在依然挺直腰杆，丝毫不后悔杨姝连累自己的仕途。

在李之仪的眼中，爱比一切重要，为了爱要拼命争取，哪怕粉身碎骨，为了爱朋友，为了爱红颜。正因为他的执着和坚韧，才有了这首动听的《卜算子》。

"我住长江头，君住长江尾。日日思君不见君，共饮长江水"，一个在长江这头，一个在长江的那头，只能天天思念而无法见面，现在却只能对着江水思念。但无论多远，心中还是有慰藉的，因为他们共饮这长江水，他在这头饮水便想象着对方也在饮着，对方也在思念自己。

"此水几时休，此恨何时已。只愿君心似我心，定不负相思意"，长江水很少有干涸的时候，自己的离愁别恨也永不会停止。只希望对方和自己一样，两心相同，不辜负我的思念之情。

一个鬓角发白的词人，一个风华正茂的少女，共患难，同风雨。

因为爱得深切，才害怕失去，真爱逾越了年龄，逾越了世俗。江水连绵不断，阻挡不住爱的脚步。

对于今天的人而言，爱情有时候不一定能天天相守，异地恋已经数见不鲜，恋人暂时的分离也显而易见，但真爱不会被任何阻力阻挠。因为心心相印，便不负相思意，所以远在天涯，仿佛犹在身边。

贺铸 | 多情贺梅子，苦情贺鬼头

锦瑟华年谁与度

凌波不过横塘路。但目送、芳尘去，锦瑟华年谁与度。月桥花院，琐窗朱户。只有春知处。

飞云冉冉蘅皋暮。彩笔新题断肠句。试问闲愁都几许。一川烟草，满城风絮，梅子黄时雨。

——《青玉案》（凌波不过横塘路）

一处相遇，两相回眸，怦然心动，就能造就一段缘分，悄无声息的爱情，便在缘分中生根发芽，又像潮水一般奔流而去，掠过无穷的相思之苦。

北宋的末年，在美丽的绍兴诞生了一位面貌丑陋的词人，就是贺铸，他的相貌与花间鼻祖温庭筠（其貌不扬）不相伯仲。

历史记载，贺铸身高七尺，面色黑青如铁，眉目耸拔。面目的奇特总成为人们调侃的对象，所以当时的人们称贺铸为"贺鬼头"。

贺铸虽然样貌不佳，但他的词在文坛上的成就是很高的。后来南宋的辛弃疾等人都受到他的影响。

贺铸虽然样貌不佳，却出身名门，唐朝著名诗人贺知章是他的祖上，而到了宋朝开国之际，他们贺家出过一个皇后，便是宋太祖赵匡胤的贺皇后。

所以，贺铸算是贵族后裔，但到了他的时候，已经家道中落。他和晏几道有几分相似，出身虽好却适逢家道中落，傲视权贵，不屑结交对仕途有利的人，一生郁郁不得志，只混了个小官。

　　一个人性格的形成是多方面的，有先天性，也有后天环境的因素，词人自然也不例外。贺铸的性格中，按先天而言，有着双重人格。按照今天的心理学的标准，他这种性格属于精神疾病。他有着英雄情结，崇尚侠客般的行侠仗义，注重遵守承诺，为不平事情而呐喊。所以，贺铸青年时代结交朋友的标准也是以此为依据。但他在很多事情上又有完全相反的一面，对于一些小事又斤斤计较。他有着豪迈大气的特点，又有着文静的特点，既阳刚又阴柔。他时常狂傲有些不可一世，但转过头来又有些自卑。

　　而后天环境对贺铸的性格塑造也有着重要影响。贺铸不仅长得丑陋而且还有癫痫病，由于他有着文人的书生气，所以他的与众不同导致了他的极端。他由于郁闷，脾气特别差，因此交心的朋友很少，而排解抑郁的方式和其他词人一样，借酒消愁，且他的酒量大得惊人。他在一首叫《天香》（烟络横林）的词中回忆自己的喝酒生涯时，写道："当年酒狂自负，谓东君，以春相付。"

　　更堪称奇闻的是，贺铸喝酒时经常自言自语，这一方面应该归结为先天性的双重人格，其次是因为寂寞。他的知音很少，聆听知心话的人少，便自言自语聊以自慰。

　　这首《青玉案》（凌波不过横塘路）被称为贺铸最优秀的作品。曾经有句名言这样说："当天才走火入魔的时候，他就变成了疯子。"也就是说，很多人创作时，精神已经超出了常人状态，这首词就是贺铸在这种疯癫状态下写成的。

　　贺铸性格中有复杂成分，导致他精神上有错乱的倾向，对于普通人而言，或许有弊端，但对于饱读诗书的他而言，恰恰有利于创作，有的文人必须喝了酒才能妙笔生花，贺铸必须进入癫狂状态才能创作。

　　这首词写的是词人邂逅一位美丽的女子，对其有了爱慕之情，但只是萍水相逢，像水中忽然多了一个涟漪，马上归于平静了。

　　贺铸之所以写出这样的作品和自身性格有很大关系。他自卑感强，由于相貌不佳，还有癫痫，女子们对他自然是敬而远之，所以他的情感生活是单调的。对于妻子以外的异性，则是偷偷地想却不敢表达，这样的自卑便会导致内向，这种内向也会使得他平白无故会对美貌的女子出现幻想。现实越让他失意，他的情感世界便越丰富，所以，和美丽女子邂逅引发的单相思是再正常不过的。

　　"凌波不过横塘路。但目送、芳尘去"，忽然邂逅一个美丽的女子，步伐轻盈就像在凌波中，但没有经过自己的门前（贺铸当时定居的住所就在横塘不远的地方）。女子像芳尘一样飘去，词人目送着，心中充满了回味和遗憾。

　　"锦瑟华年谁与度"，词人忽然开始浮想，这女子美好的年华里，将是谁陪着度过？谁会那么有幸，将和这女子共度一生？词人痴情地自问，隐约也有对与女子共度年华者的嫉妒。

　　"月桥花院，琐窗朱户。只有春知处"，就见这么一面，女子走远了，今后该到哪里寻找她？是在月下桥边的花院里还是在朱门大户的花窗前？或许只有春知道答案了。

　　"飞云冉冉蘅皋暮。彩笔新题断肠句"，云彩在飘飞着，词人看到佳人远去，自己陷入深深的惆怅里，挥笔写下了令人断肠的句子。

　　"试问闲愁都几许。一川烟草，满城风絮，梅子黄时雨"。千百年来，这几句被广为传颂，这几句将"愁"表达到了极致，甚至可以和李后主的"问君能有几多愁，恰似一江春水向东流"媲美。罗大经编写的《鹤林玉露》中认为这一句"盖以三者比愁之多也，尤为新奇，兼兴中有比，意味更长"。

　　如果要问到底有多少愁情，就如同那看不见的烟草，满城翻飞的柳絮，梅子熟时的绵绵细雨。忧愁被赋予了形象，漫无边际。词中"梅子黄时雨"成为绝妙之句，所以当时的人们给贺铸取了一个绰号——"贺梅子"。那个美丽的女子是谁，家住何处，连词人也不知道，但因着这位佳人而诞生的词被广为流传。

那美丽的女子就这样搅动了词人的心，然后又匆匆离开，再也寻不到踪迹，就在这一来一去间，词人的内心翻滚起来，只愿悄悄地远望一眼，在远望中充满美丽的遐思，却引发了无限惆怅。这一幕，像极了可望而无法寻觅的《断章》："你站在桥上看风景，看风景的人在楼上看你，明月装饰了你的窗子，你装饰了别人的梦。"

那女子匆匆走后，留给词人贺铸一个美好的梦境，他忽然害怕打破这梦境，他在目送、芳尘的那一刻，好想那女子回头来看到自己，又害怕女子真的回头来看到了自己，看到了自己丑陋的相貌，忽然对自己产生了厌恶之情，那样美梦便会被突然打碎。那女子始终不知道背后有人在关注自己，当她匆匆离去的那一刻，才留给了词人无限的遐思和幻想。

暗恋，才浮想联翩，因为浮想联翩，让暗恋更有韵味。

在古代，碍于封建礼教，女子轻易不出门，所以被男子看到的概率要小，男子看到一个妙龄女郎便是幸运的。同样，女子因为少出门，一旦在外面看到心仪的男子，也是内心澎湃。所以出现了很多类似于贺铸的遐想。如今这个时代，男子在大街上看到漂亮的女子，女子在公共场合看到帅气的男子，这是一个再正常不过的事情，可这在古代是难以想象的事情。

如今见到异性是司空见惯的事情，今天的人没有了古人那种见到异性便激动万分的感觉了，但花痴般的迷恋还存在。当一个人在公共场合，被一个异性所吸引，或许就是那惊鸿一瞥，忽然产生了好感，忽然寻思"锦瑟年华谁与度"，这是正常的吸引，也是一个美丽的邂逅。

轻颦浅笑娇无奈

淡妆多态。更的的、频回眄睐。便认得、琴心先许，与绾合欢双带。记画堂、风月逢迎、轻颦浅笑娇无奈。向睡鸭炉边，翔鸳屏里，羞把香罗偷解。

自过了、烧灯后，都不见踏青挑菜。几回凭双燕，丁宁深意，往来却恨重帘碍。约何时再，正春浓酒困，人闲昼永无聊赖。厌厌睡起，犹有花梢日在。

——《薄幸》（淡妆多态）

意外的邂逅，望绝尘而去，曾经的淡妆多态，招来无限情思。

贺铸第一次爱情的主人公是他的妻子，一位宗室女子，济国公赵克彰的女儿，由于贺铸一生生活艰辛，所以这女子也跟着过起了安贫乐道的生活。贺铸与妻子的生活是幸福的，他曾写过一首《掩萧斋》："落日逢迎朱雀街。共乘青舫度秦淮。笑拈飞絮胃金钗。洞户华灯归别馆，碧梧红药掩萧斋。顾随明月入君怀。""共乘青舫度秦淮"写出了两人一起游玩的乐趣。

此外，贺铸的妻子离世后，贺铸曾写了一首感人至深的《半死桐》："重过阊门万事非。同来何事不同归。梧桐半死清霜后，头白鸳鸯失伴飞。原上草，露初晞。旧栖新垅两依依。空床卧听南窗雨，谁复挑灯夜补衣。"

尤其是最后一句"谁复挑灯夜补衣"，一个普通家庭主妇的形象跃然纸上，没有惊天动地的片段，只是小小的生活细节，却让人感动，爱就浓缩在一针一线里。夜深了，一个人躺在床上，听窗外雨声嘀嗒，灯花爆了好多个，可是再也不见你给我补衣服的身影了。

而在妻子去世后，贺铸迎来了第二春，结识了一位歌女，她也是贺铸的红颜知己，几乎算是他的唯一红颜知己。她走进了贺铸的生活里，走进了贺铸的词作里，从此，贺铸的诸多词都在围绕着这位红颜知己创作。

贺铸朋友不多，仰慕自己并能倾心的女子更少，因为贺铸除了相貌丑陋外，脾气也尤其不好。贺铸为人有时候有点古怪。有一次，贺铸去朋友家做客，朋友称赞一位诗人为当世杜甫，次日，贺铸很不高兴地离开，朋友不解，他愤愤地说："小小一个镇江，怎么可以有两个杜甫？"朋友这才明白，赞美别人反而把他得罪了，贺铸的脾气就是如此古怪、狂傲。

贺铸脾气如此，所以不受上司和同僚的欢迎，不受女子欢迎，所以一旦有赏识他的女子出现，他便带着感激死心塌地地迷恋。贺铸性格有点固执，而也正是这样的固执也使得他只认准一个红颜知己。贺铸结识这位红颜知己是在妻子亡故后，也就是说，他以前只爱妻子一人，在当时的社会，算是难能可贵的。

尽管贺铸在妻子亡故后把满腔的爱投入到红颜知己身上，却最终因为环境原因没有梅开二度。因为这个女子的存在，贺铸很多词得以问世。其中一首便是这首《薄幸》（淡妆多态）。

"淡妆多态。更的的、频回眄睐"，女子娇美的容颜，本来就风情万种，却还屡屡对词人放电，"的的"一般在词中很少连用，用在这里正好表明女子的眼神连续不断的传情。对于因相貌不佳备受冷落的贺铸而言，有女子主动给他放电，自然是很难得的事情。

"便认得、琴心先许，与绾合欢双带"，女子的琴声让词人陶醉，而女子更是大胆地用琴声暗示词人，她已经对词人萌动了春心，希望与词人做个眷侣。

"记画堂、风月逢迎、轻颦浅笑娇无奈。向睡鸭炉边，翔鸳屏里，羞把香罗偷解"，词人陷入美妙的回忆里，记忆中，有一次，这歌女来到了画堂，柔风和明月将她相迎，她轻皱着眉头却显得更加娇媚，带着浅浅的笑容，一副风情万种的模样，让人无法忘怀。词人和她一起来到了睡鸭形状的香炉旁，在屏风上是鸳鸯的图案，女子大胆又害羞地轻解罗裳……

"自过了、烧灯后，都不见踏青挑菜"，自从那一次以后，词人便陷入怀念中，因为从此再也没有见到她的身影。元宵节都过了，看到踏青的女子，苦苦搜寻，始终没有看到她的倩影。"烧灯"在这里指元宵节，古代难得娱乐的节日，词人早对这个渴慕很久，认为应该会在节日里见到佳人，但希望还是落空的。

"几回凭双燕，丁宁深意，往来却恨重帘碍"，词人苦苦寻觅不得，只好想请双燕为自己传信，对双燕说一定要把他的相思送到，说了一遍又一遍，生怕双燕遗漏了什么，但双燕却被重重的帘幕封锁了飞行的道路，根本无法把自己的意思带到。词人恋得痴了，才有了和燕子对话的呓语。

"约何时再，正春浓酒困，人闲昼永无聊赖"，不知何年何月才能再次与佳人相会，重温那时候的春梦，虽然现在春意正浓，有美酒相伴，但却无精打采，没有佳人的日子，就算春光好，也感觉可恶的春天太长了。这种情景类似柳永的"便纵有、千种风情，更与何人说"。

"厌厌睡起，犹有花梢日在"，因为为情所困，所以天天无精打采，人也变得懒散起来，无精打采地昏昏愁眠，醒来时花梢还照着高高的日影呢！

这首词的词牌名为薄情，内容却处处透露着真情。

没有天长地久，只是刹那间的相遇，却付出了一生饱藏的真情。在贺铸年过半百，经历了一生的沉浮，生活的困境，妻子的亡故，终于邂逅到一个红颜知己，却匆匆不见了踪迹，人生的百般愁感再次涌入这位布满沧桑的人身上，生命中要承担的负荷太重。

贺铸生命终结的时候，带着深深的遗憾，那一刻，他还在牵挂着自己心爱的红颜知己。也或许在他生命的最后一刻，阅尽了世事的他能顿悟：一切繁华都是过眼云烟，唯有真情永在，有些真情却如流水，让人触及不到，就让一切随风而去。

在爱情的世界里，总是游走于失望和希望之间的人，容易患得患失。有时候，爱情也和人生一样，得之我幸，不得我命，如此而已。

画楼芳酒，红泪清歌

薄雨初寒，斜照弄晴，春意空阔。长亭柳色才黄，远客一枝先折。烟横水际，映带几点归鸦，东风消尽龙沙雪。还记出关来，恰而今时节。

将发。画楼芳酒，红泪清歌，顿成轻别。回首经年，杳杳音尘多绝。欲知方寸，共有几许清愁，芭蕉不展丁香结。枉望断天涯，两厌厌风月。

——《石州引》（薄雨初寒）

爱犹如长跑，挥洒咸咸的汗水，拨动酸痛的腿脚，只为生命的冠冕。

贺铸由于相貌丑陋，又有癫痫，女子是远远避开的，但歌女自然例外，如果有女子真心对待他，他自然会万分感激。

幸运的是，贺铸就遇到了这样一个歌女。那是在风光秀丽的苏州，贺铸结识了一个歌女，一见甚欢，本是逢场作戏的场所，却莫名产生了情愫。

情愫来得快速，两人的心被连在了一起，使他在仕途抑郁的空闲里找到了慰藉。

渐渐地，贺铸发现已经离不开她了，每当心中遇到不快，每当受到上司和同僚们的刁难，他就会想起她的身影，便感觉有了强大的力量。

贺铸寂寞的心在她那里找到归宿。他一有闲暇便到她那里去，终于有一天，他鼓起勇气，一把抓住她的手，说："嫁给我吧，我会让你幸福。"

她的眼神里出现了惊喜，但马上没落下去，她一直盼望着有人对自己产生强烈的爱，但这个日子一旦到来了，又惶恐不安起来，她为茫然的未来而担忧。他仿佛知道了她的想法，他又生怕她犹豫不决的心忽然坚定的拒绝，于是他马上表态说："我知道，你够可怜的，生活漂泊不定，我一定会努力地混，当我的生活安定了，我的官职提高了，我就来娶你。"

她点点头，望着他的眸子道一句："我等着你。"

就这样，两人算是私定终身，贺铸便有了为歌女奋斗的打算。

贺铸从年轻时代就崇尚侠士，有行侠仗义的情怀，所以，他最初从事的官职都是武官一类的，他的性格中充满着理想的成分，想通过武官的身份建功立业。但是他性子孤傲，不屑巴结上司，所以他的官职都是碌碌无为的小官，而且，武官在宋朝是不吃香的。

文人生在宋朝是幸运的，但武将生在宋朝是不幸的，宋太祖赵匡胤本来是武将，他夺取了后周的政权，便害怕将来有武将也夺去他的政权，就牵制武将，重视文人士大夫。无论是环境因素还是贺铸个人性格原因，想通过武官的身份混出个名堂来，简直是痴人说梦。

贺铸做武官几乎没有任何建树，后来在苏轼等人的帮助下，由武官转为文官。贺铸无法使自己在官场上有所作为，只有通过词来宣泄不平，受挫越多，词也就越丰富，光流传下来的就有八百八十一首。

贺铸愿意为了心爱的歌女奋斗，吃苦是不怕的，但改变性子委曲求全还是做不到的，无论怎么喜欢这个歌女，他也不会在生活中丧失原则，他始终不为五斗米折腰。

贺铸有着强烈的爱国情怀，他愿意有所作为，并非只是为了心爱的歌女，他一直就有为国效力的愿望。当时，金国强盛，大有吞并宋朝之意，贺铸多次想去驰骋沙场，驱除金人，但这样的心愿最终落空，到了晚年简直成了心病。他在《六州歌头》里强烈地表达了这种失意："少年侠气，交结五都雄。肝胆洞。毛发耸。立谈中。死生同。一诺千金重……不请长缨，系取天骄种。剑吼西风。恨登山临水，手寄七弦桐。目送归鸿。"

直到去世，贺铸也没实现建功立业的理想，也没能和心爱的歌女双宿双飞。他去世的那一年，金国的进攻势如破竹，宋徽宗惊慌地把帝国的烂摊子给了儿子，假如贺铸地下有知，在他去世两年后，金国俘虏了徽钦二帝，贺铸或许也会做一首类似岳飞的《满江红》吧。

当时，那歌女天天盼望着贺铸到来，但贺铸一直没能实现夙愿。她也知道，贺铸已经尽力奔波着，为了她忍受了不少的屈辱。天长日久，她慢慢等得肝肠寸断，每个黄昏都陷入莫名的惆怅，每天的清晨，代表希望的朝阳也无法给予她安慰。就在这样一天天的消磨中，在一天天盼望贺铸而见不到其踪迹的日子里，她也渐渐老去。

最终，她那满腔的思念化作了一首相思的诗《寄贺方回》："独倚危阑泪满襟，小园春色懒追寻。深恩纵似丁香结，难展芭蕉一寸心。"

当贺铸看到诗歌的时候心情颇为复杂，她为了他当初的承诺变得郁郁寡欢。贺铸感觉自己窝囊，连一个心爱女子的幸福都无法保证，现在混得连自己都没有着落。他陷入深深的自责里。或许以前混得落魄没有往更深处想，直到失去了心爱的女子，才让他为自己的未来自责。

贺铸想改变这样欲哭无泪的现状，却又对现实生活无可奈何，他饱含着滚烫的泪水，写下了这首《石州引》。

"薄雨初寒，斜照弄晴，春意空阔"，雨后的斜阳让春天显得空阔。"长亭柳色才黄，远客一枝先折。烟横水际，映带几点归鸦，东风消尽龙沙雪"，看到象征别离的柳树，想起了当初离开佳人时的情景，长河的上空弥漫着雾霭，有归鸦飞过，荒原的雪应该也化了。

一切都是春色，唯独词人内心凄凉。"犹记出关来，恰而今时节。将发。画楼芳酒，红泪清歌，顿成轻别。"那时和她在一起时，多么甜蜜，送别自己时，她备上好酒，然而好酒无论多么醇美，让两个人丝毫提不起任何口感，她握着酒杯手在颤抖，他接过来酒杯几乎感觉手指无力，她流着泪唱着歌，他喝下了酒，酒入愁肠，一切都化作了无奈，人生匆匆，见面如此不易，可惜就这样离别了。

"欲知方寸，共有几许清愁，芭蕉不展丁香结。枉望断天涯，两厌厌风月"。可以想象得出，她现在的是多么忧愁和落寞，那愁苦的内心无人能解，肠断天涯无人能知。虽然分离，但贺铸依然对心爱的女子充满了关注，饱含了对时光渐去的无奈，对自身不能出人头地的指责。

词人在这里化用了唐朝著名诗人李商隐的名句"芭蕉不展丁香结"，这句本来也是表现相思，用在这里又恰到好处。芭蕉的心还没展开，她的内心还装着他却不能与他相见，那丁香的花蕾丛生如结，两人的内心更是充满千千结，纠缠一起，无法解开。

面对心爱的人的惆怅自己无能为力，并且陷入自责，贺铸虽然没有让那歌女得到幸福，但也不失为一个有责任心的男子。

为爱而奋斗，或许结果不能趋向完美，但也是一种美丽。当爱恋从花前月下转身，成为奋斗缔造甜蜜的动力，无论结果如何，都带着感动人的情思。

秦观 | 北宋第一男神，字里行间动人心

两情若是久长时

纤云弄巧，飞星传恨，银汉迢迢暗度。金风玉露一相逢，便胜却人间无数。

柔情似水，佳期如梦，忍顾鹊桥归路。两情若是久长时，又岂在朝朝暮暮。

——《鹊桥仙》（纤云弄巧）

豪放派词人苏轼的门下有一位婉约派的词宗，就是秦观。秦观是苏门四学士中最受苏轼喜欢的，苏轼曾写信给王安石举荐这位才子，王安石对秦观也高度评价道："亦以为清新妩丽，与鲍谢似之（认为秦观的作品有鲍照、谢灵运的风格）。"

这位被苏轼看中，被王安石赏识的才子，在他五十一年的生命里，著有诗14卷430多首，文章30卷250多篇，词3卷100多首。但秦观一直不被朝廷重用，直到37岁才混得一官半职，属于大器晚成的人。他一生中，经历了父母早亡的苦痛，经历了仕途不顺的磨砺，他的一生和苏轼有着千丝万缕的联系，而他的词因为人生的不顺产生了悲剧色彩。

一千年前的月光，一千年前的天幕上一道狭长的银河。那一夜，秦少游凝眸凄美的夜空，一道银河让他微微触动，于是，他满腔的情愫泼洒在宣纸上，一首《鹊桥仙》震动了天幕上两颗闪烁的星星。或许秦少游（秦观，字少游）根本没有想到，他妙手偶得的一首词，被一代代的传唱着，经过了一千年，仍然充满了生命。

　　"纤云弄巧，飞星传恨"，上阕先以拟人化的笔触开端，读者被带到一个错综复杂的境地，仿佛看到一幅别开生面的画卷，却闻着让人嗟叹的味道。本是美景，却透露着"恨"，"银汉迢迢暗度"又将一年一度的心酸场景勾勒得淋漓尽致。因为相会的时光弥足珍贵，虽然相逢短暂，那始终坚定不移的爱和永恒足以俯瞰笑傲红尘男女。

　　下阕两个比喻，"水"与"梦"的结合让这场浪漫的谋面增加了韵味，让主人公意犹未尽。最神来之笔便是词的最后一句，词人以高山仰止的姿态将男女情爱提升了，也给了后世追求爱的人以宽慰和勉励。"两情若是久长时，又岂在朝朝暮暮"透出爱的真谛，爱情双方不因外界阻挠而破，只要心心念念，我在银河这边痴望，依旧感受你的温馨，何必嗟叹，何必哀怨！

　　清末安徽巡抚冯煦（江南才子）这样形容秦少游的词："他人之词，词才也；少游，词心也。得之于内，不可以传。"秦少游一生词作众多，但这首词的创作背景不详细，有人说是写给一个心爱的侍妾，也有人说作者只为歌颂对爱情的向往。然而无论如何，这首千古绝唱在历史的文坛上成为经典。

　　与其他功成名就的文人一样，人们铭记他们的往往不是政治地位，是源于他们的文学创作。秦少游一生坎坷，因为他是苏轼的门生，苏轼在经历乌台诗案时，他也因此受到株连而被贬，在那段低谷期，他因官场生活不得志，写下很多表达内心愤懑的词作。不过，这首《鹊桥仙》令人耳目一新，因为看不出任何政治色彩，展现出来的乃是不可言说的唯美。

　　这首词从流派上来说，属于婉约性质，但又带着豪放的风格。读者能感受到作者带给人的向往。这首词给人很大联想的空间，两个主人公见面后是什么样的情景？是欲语泪先流？是倾诉衷肠？是你侬我哝？词篇没有大肆渲染，但字里行间让人明了，让人们不禁感慨，他们拥有这一天醉人的相逢，即便三百六十四天的度日如年，那样的煎熬也是值得的。

这首词所描绘的爱情别具一格，不是取材于现实，也不是词作者自身的爱情故事，而是来源于民间耳熟能详的浪漫故事——牛郎织女。

一个地位低下，却彬彬有礼，一个貌美无瑕，偏思恋凡间。本是人神殊途，无论是地位、环境，还是戒律，他们本没有相遇的可能，却偏偏相遇了，还摩擦出爱的火花，爱得轰轰烈烈，让天地为之惊叹。然而爱情双方注定要付出惨重的代价。日夜的朝夕相处变成了一年只有一次的相遇，但他们依旧感受到爱的甜蜜，至死不渝。

牛郎织女的传说（一说是董永和七仙女）与白娘子许仙的爱情，梁山伯与祝英台的爱情，都是中国民间爱情故事的瑰宝。人神相恋，人妖相恋，冲破家族樊笼的相恋，都成为惊天地泣鬼神的传奇。

因为阻碍，爱情成为了遗憾，又因为阻碍，让爱情更加经受考验，发出璀璨夺目的光辉。

牛郎织女的传说成就了秦少游的这一扛鼎之作，而秦少游的词作又让美丽的传说更加活灵活现，传说配以妙词，让人为浪漫的故事掬一把清泪。

"两情若是久长时，又岂在朝朝暮暮"，让人们学会了在遗憾中寻求完美，又渐渐在完美中寻觅永恒。

每年的七月初七，很多人都不由自主地想起这个动人的故事，或许也会有人想到这首古老的词。爱情是人类社会不变的主题，虽然牛郎织女的爱情"胜却人间无数"，但相爱的男女在霓虹下彼此牵手，还是让人感到爱情是甜美的。

传奇世代相传，成为人们追求理想的标杆，人们制造了神话，是因为人们心中需要一个唯美的梦。

流水绕孤村

山抹微云，天连衰草，画角声断谯门。暂停征棹，聊共引离尊。多少蓬莱旧事，空回首、烟霭纷纷。斜阳外，寒鸦万点，流水绕孤村。

销魂。当此际，香囊暗解，罗带轻分。谩赢得、青楼薄幸名存。此去何时见也，襟袖上、空惹啼痕。伤情处，高城望断，灯火已黄昏。

——《满庭芳》（山抹微云）

爱由心生，人间却有多少爱恋是不能由自己内心做主，于是有了错情，有了迷恋，有了一幕幕相思的故事。

秦观与歌女往来密切，这和当时社会背景密切相关，唐宋时期，士大夫与歌女总是绕不开的，多少好词的诞生更是因着歌女的缘故。

秦观多次流连忘返于楼台阁榭之间，有家庭的因素。最初，秦观对待感情是很执着的，婚姻是以感情基础，不把婚姻当作儿戏，在当时男尊女卑的年代，这样的性格是难能可贵的。所以，他选择妻子首要考虑的是感觉，对一个女子假如没感觉，无论对方多好，他也不会中意。

所以，秦观的性格里有些理想化，渴望唯美的结果，但有时候个性遇到现实，总有碰壁的时候。他当时并不具备很优秀的条件，他只是一个落魄文人，直到三十七岁才走入仕途，还是个不起眼的小官。

秦观的落魄导致他的爱情观只是一种理想，上层的女子是不屑看上他，虽然他重感觉不重视门第，但门第太低的农家女子缺少文化氛围，自然也无法达到他的择偶标准。

秦观这种追求唯美的想法一旦被现实打击，即便一些微不足道的小事，在他看来也是非常严重，以至于影响自己情绪，陷入苦恼不能自拔。所以，他的词里经常看到忧郁的色彩，一些在常人看来大不了的小事，到了他的词里，都给人一种世界末日的景象，这是他的性格决定的。

民国大师王国维曾经这样评价秦观的词："少游词境最为凄婉，至'可堪孤馆闭春寒，杜鹃声里斜阳暮'，则变而为凄厉矣。"

秦观的独身一人却让老师苏轼着急起来，苏轼便自告奋勇地为秦观的婚事奔波，最终寻到一个大家闺秀，叫徐文美。秦观渐渐也发现自己的固执没有效果，又出于感激苏轼，便答应了这桩婚姻。

秦观和徐文美结合后，生活得并不愉快，秦观也努力去好好爱妻子，但总是没有感觉，后来，秦观想休掉妻子，但感觉那样不厚道，对不起妻子，也对不起苏轼，所以继续维持这桩没有感情的婚姻。

在家庭中缺失的，秦观便需要在歌女那里弥补。有一次在绍兴的宴会上，他认识了一个歌女，便对她产生了好感。

秦观的这首《满庭芳》的主人公便是这位不知名的歌女。

"山抹微云，天连衰草，画角声断谯门（城门）"，首句是景物的描写，这里的山是"会稽山"，"山抹微云"历来被称为神来之笔，尤其是其中的"抹"字用得妙，可以看出词人对于艺术的用心和严谨。山上的云朵仿佛画中轻抹了一层，给人无尽的美感，而秦观也由于这句话被幽默的苏轼取了个绰号——"山抹微云君"。城外是一片连天的衰草，城门楼上的号角声此起彼伏，别有一番意境。

"暂停征棹，聊共引离尊，多少蓬莱旧事（早年秦观曾经到蓬莱阁畅游，与一名歌妓相恋，度过了一段美好的时光），空回首、烟霭纷纷"，看到景物，词人回忆起曾经在客船上的一幕，那时与歌女举杯共饮，尽情释放，现在都化作烟雾随风散去。

"斜阳外，寒鸦万点，流水绕孤村"，词人感受到了凄凉，迟暮的夕阳，寒鸦，孤寂的村庄，一片萧条之色。

"当此际，香囊暗解，罗带轻分。谩赢得、青楼薄幸名存"，词人回忆起，佳人曾经解开腰间的系带，取下香囊……当时是让自己激动万分的，可是现在回忆起来不禁有了惆怅。只不过徒然赢得了风流薄情的"名声"而已。

"此去何时见也，襟袖上、空惹啼痕"，词人感觉未来是茫然的，歌女已经深深打动了他，但总是好景不长，分别后不知什么时候才能再见。泪水不知不觉已经落满了衣襟与袖口。

"伤情处，高城望断，灯火已黄昏"，回忆让词人更加神伤，他便站在高城上望向远处，渐渐地，万家灯火已起，天色已经到了黄昏。

分别并不可怕，可怕的是分别后不知何日才见。

除了妻子以外，与秦观有瓜葛的女子，史料记载的有三位，一位是这首词回忆的蓬莱旧事中的无名歌女，另一位叫巧云，也是一位歌女，秦观认识他的时候，已经有了功名，虽然迷恋巧云，但碍于身份，不能给巧云名分，第三位是一位买来的侍妾，叫边朝华，秦观被贬后，为了不让边朝华痛苦，要把她遣散，但痴情的边朝华却愿意追随他。

秦观与妻子过着并不幸福的生活，所以通过歌女寻找慰藉，然而，在爱情上，人们总有这样一种心理，便是得不到的才是好的，已经得到的却窥视不到美丽。

而在民国时期，许多文人都身处包办婚姻的囹圄里，著名作家林语堂的婚姻是由父母安排的，女方叫廖翠凤，两人是经人介绍才相识的，更谈不上了解，都是双方父母为他们撮合，两人按照父母的安排，结合到一起。刚开始，并没有感情，几年来一直凑合着过，但随着时间的推移，两人慢慢爱上了对方，若干年后，林语堂谈及他的妻子时说："我们年龄越大，越知道珍惜值得珍惜的东西。由男女之差异而互相补足，所生的快乐幸福，只有任凭自然了。在年轻时同艰苦共患难，会一直留在心中，一生不忘。她多次牺牲自己，做断然之决定，都是为了我们那个家的利益。"

现在，爱情比以前任何时代都自由，没有了包办婚姻，也没有了古代那种到了洞房才认识的场景。但爱需要磨合，从欣赏包容的眼光看对方，我们就会发现对方有很多值得爱的地方。

雾失楼台，月迷津渡

雾失楼台，月迷津渡，桃源望断无寻处。可堪孤馆闭春寒，杜鹃声里斜阳暮。

驿寄梅花，鱼传尺素，砌成此恨无重数。郴江幸自绕郴山，为谁流下潇湘去。

——《踏莎行·郴州旅舍》

爱，不是一种施舍，不需要怜悯，当爱沦为怜悯的牺牲品，爱便失了真。

在秦观最后的生命岁月里，一个女子走进了他的世界里，一个以悲情收场的女子和多情的词人产生了关联。

　　秦观和苏轼生命中出现交集，是幸运的，秦观参加两次科举考试均未有中举，到了第三次的时候，幸好到苏轼，实现了夙愿，走上仕途之路，而此前，苏轼很赏识秦观的才华，秦观也由此成为苏轼的门生。

　　但秦观遇到苏轼也是不幸的，因为他与苏轼走得特别近，所以苏轼被贬时候，他也难免受到牵连，先被贬为杭州通判，又被贬为处州任监酒税，最要命的一次是"削秩徙郴州"。削秩是将所有的官职封号去除，类似于今天的"开除党籍"，对于那时候的学子而言，是一种很严重的惩罚，而对于性格敏感充满忧郁色彩的秦观来说，更是致命的打击。

　　秦观的性格本来就带着忧郁，他从小丧父，这是造成他性格忧郁的一大原因。这种性格带来的便是敏感，而秦观性格中最致命的弱点便是他缺乏振作的心态，这点和他的老师苏轼相反，苏轼面对挫折能坚韧，而秦观受一点打击便感觉痛不欲生，一蹶不振。这点可以通过他参加科举考试看出，在古代，学子参加科举，有人花费一生时间，屡败屡战，胜负是兵家常事，但秦观不同，两次考试失利，就死去活来，甚至要自杀，幸好第三次中了，假如第三次仍然不中，不知道词坛上还会不会有秦观这个人。

　　而这首《踏莎行·郴州旅舍》正是他在人生最苦闷的时候而作。这首词差不多算是秦观生命中最后的词篇之一了，而这首词也描写了秦观人生中最后一个爱情故事。

　　秦观被贬郴州，已经年近半百，由于抑郁不得志，仿佛苍老了很多，而因为他被贬的身份，郴州那边的很多官员很识趣地避开他，以免引火上身。本来敏感的秦观看到很多人纷纷避开自己，心情更加苦闷。这时候，恩师苏轼也同样被贬，自然也无法安慰自己。

　　就在万念俱灰之时，有一个女子却如痴如狂地接近他，只因爱慕他写的诗词。这个女子的姓名同样没有被历史记录，只是郴州当地一个女子。

这个女子走进了秦观最后的生命时光。

在孤寂的屋子里，苍老了许多的秦观看到一个女子原意在身边，她容貌姣好，心地善良，与秦观谈论词作，给秦观带来些许安慰。

"我愿意照顾你，不管别人怎么远离你，我愿意嫁给你，只求你让我留在你的身边。"女子动情地说出了自己的心声。

秦观的嘴唇微微翕动，两行清泪划过脸庞，然后深深地叹息，苦笑道："姑娘，老夫我现在已经是戴罪之身，跟随我能有什么好日子，你还年轻，还是打消这样的念头吧！"

秦观把脸移开，转身后，强忍不住，泪水还是布满了衣襟。片刻之后，一首《踏莎行》一挥而就，秦观将词交给了女子，这是他内心苦闷的心声，他不能娶她，因为他不愿让她委屈，只愿她能懂他，仅此而已。

"雾失楼台，月迷津渡，桃源望断无寻处"，大雾弥漫，楼台消失在迷雾里，月亮也朦胧了，渡口无法看到，望尽了天涯，心中的桃源世界看不到。开篇便是悲怆的笔调，给人一种绝望的感觉，也暗示迷雾中看不到爱情的方向。

"可堪孤馆闭春寒，杜鹃声里斜阳暮"，词人孤独一人生活着，本来就艰难，又受到打击，被人排挤，日暮西山了，还要听着杜鹃吐血般的叫声，凄苦！

"驿寄梅花，鱼传尺素，砌成此恨无重数"，总算不孤独，因为还有朋友寄去书信，向词人表达关心和慰藉，但这样却更加平添了自己的离愁之情。词人也向那女子表示，两人之间通过书信传递感情，也只是徒增了烦恼。

"郴江幸自绕郴山，为谁流下潇湘去"，词人心情难受，已经近乎失态了，所以没来由的指责郴江，郴江应该就是绕着郴山就是了，为何非要流到潇湘去呢？自己满腹才华，为何要被流放到偏远的地区呢？词人也是把自己比作为郴江，那女子是郴山，两人如果结合自然是好，但自己这个郴江却身不由己，最终要远去的，分离是早晚的事情，还是早离早散的好，以免徒增不必要的烦恼。

宋哲宗去世后，宋徽宗继位，朝廷大赦天下，秦观和苏轼都得以被召回，本想终于否极泰来了，但秦观的噩运又到了，秦观在返程中，经过滕州时候，命人取水，当下人取来水时，发现秦观面露微笑，却停止了呼吸，享年五十一岁。

悲苦一生的秦观竟然含笑而亡，他以微笑为人生画上句号，他一生很少欢笑，不知道这一笑是否笑得惬意。

《踏莎行》的主人公，爱慕秦观的那名女子，得知了秦观去世的消息，悲从中来，身穿孝服，甘愿步行几百里路，赶上秦观的灵柩，愿意送秦观最后一程。完成了这件事情后，她选择了自缢，去和秦观相会。

有女子为秦观如此付出，秦观是否该含笑九泉？两人若地下相见，是否会再续情缘？

为爱痴狂带来的更多是痛苦，最怕结局是像飞蛾扑火，痛苦而卑微。

周邦彦 | 音乐家的多情往事

事与孤鸿去

章台路。还见褪粉梅梢，试花桃树，愔愔坊陌人家，定巢燕子，归来旧处。

黯凝伫。因念个人痴小，乍窥门户。侵晨浅约宫黄，障风映袖，盈盈笑语。

前度刘郎重到，访邻寻里。同时歌舞。惟有旧家秋娘，声价如故。吟笺赋笔，犹记燕台句。知谁伴，名园露饮，东城闲步。事与孤鸿去，探春尽是，伤离意绪。官柳低金缕，归骑晚、纤纤池塘飞雨。断肠院落，一帘风絮。

——《瑞龙吟·大石春景》

岁月不饶人，岁月带来的不仅仅是朱颜的改变，还有劳燕分飞的悲哀。等待是爱情的美好境界，但有的爱情也禁不住等待。

周邦彦被称为"词中老杜"，说明他在词坛地位之高，同时他还是一位音乐家，宋徽宗在位时，设立了一个音乐衙门——大晟府，掌管典乐，周邦彦便在里面任职。胡适曾这样评价周邦彦："周邦彦是一个音乐家而兼是一个诗人，故他的词音调谐美，情旨浓厚，风趣细腻，为北宋一大家。"

将音乐美和词融合在一起，这是周邦彦给后世留下的财富。

周邦彦在政治上并没有大起大落，虽然也被贬长达十年，总体说，仕途比起苏轼等人还算是幸运的，周邦彦经历了被贬和"重生"，被贬长达十年后，他又重新返回京都开封，上任国子监主簿。

这次归来，他最想见的当是令自己想念的女子，这首《瑞龙吟》正是周邦彦从偏僻之地返回开封的作品。

词人骑着马进入开封，阳光还是那么耀眼，词人的心情颇为激动。和十年前一样，他游走在那个熟悉却仿佛改变了很多的章台路上，希望寻觅十年前的身影，脑海中唤出更遥远的过去。那时候，他还没有步入仕途，在美丽的苏州，那个叫岳楚云的女子，她的歌声摄人心魂，她的身段婀娜多姿，她的一切都那么美好。

但他要步入仕途，他要去京都寻觅人生的归属，他注定和她不能长久，于是上演一场"执手相看泪眼，竟无语凝噎"的别离，然后分道扬镳。只是分离的那一刻，他不忍心回头，他不知道，她已经哭成了泪人，渴望把他拉住，但为了他的前程，她坚持不让自己哭泣的声音发出来，以免影响了他的情绪。

步入仕途的词人，想不到有一天竟然调离到了苏州，他心情激动，到了苏州便寻觅自己曾经的恋人，费劲了很多周折，才得知一个失落的消息，原来当年的佳人已经嫁人，留给他的只是满满的遗憾。

过了很久，词人参加了一场酒会，在酒会上，忽然看到一歌女的模样好像自己朝思暮想的岳楚云，他马上派人打听，才得知那是岳楚云的妹妹，词人兴奋又伤感，当即书写一首《点绛唇·伤感》，让岳楚云的妹妹捎给姐姐，词曰："辽鹤归来，故乡多少伤心地。寸书不寄。鱼浪空千里。凭仗桃根，说与凄凉意。愁无际，旧时衣袂。犹有东门泪。"

词人再次从外地返回京都，这样的情景是否重来，他漫无边际地游走在开封的大街上，得到了和当年一样的结论，于是再次断肠。又是分离多年，又是一个佳人远离了自己。十年的光阴，人生有几个十年？

"章台路，还见褪粉梅梢，试花桃树，愔愔坊陌人家，定巢燕子，归来旧处"，走在章台路上，又看到了梅花在枝头，桃花在树上绽放，但不是十年前那样了，聚集着歌女的地方一片寂静，筑巢的燕子，飞回到以前筑的巢里了。

"黯凝伫，因念个人痴小，乍窥门户。侵晨浅约宫黄，障风映袖，盈盈笑语"，词人凄凉地望着出神，脑海中唤出十年前的一幕，那时候欢笑的场景仿佛还在昨天，她那时天真烂漫，娇小可爱。清晨刚起床，便打扮装束，额头涂着黄色，衣袖映着美丽的脸庞，这一遮挡，更是风情万种的美，她还迷人地对人说笑。

"前度刘郎重到，访邻寻里。同时歌舞，惟有旧家秋娘，声价如故"，词人像刘郎一样，重新来到这里，寻访着邻居多方打听，当年的歌舞人，只有秋娘一个人还在重操旧业，她的名声依然如故。词人词作的最大特点是善于用典故，这里的"刘郎重到"，是指唐朝文学家刘禹锡，刘禹锡也是因为最初在京都做官，但也被贬到地方，后来又回到京都，刘禹锡曾作诗《元和十年自朗州承召至京戏赠看花诸君子》："紫陌红尘拂面来，无人不道看花回。玄都观里桃千树，尽是刘郎去后栽。"后又写《再游玄都观绝句并引》："百亩中庭半是苔，桃花净尽菜花开。种桃道士归何处？前度刘郎今又来。"词人在这里把自己比喻为刘禹锡。

"吟笺赋笔，犹记燕台句"，词人当时填词，佳人看了很是喜欢，就像洛阳女听人吟唱《燕台》诗对李商隐着迷一样。词人此处又用了一个典故，唐朝诗人李商隐写《燕台四首》，引得洛阳歌妓柳枝赞叹不已，欲追随李商隐。

"知谁伴，名园露饮，东城闲步。事与孤鸿去，探春尽是，伤离意绪"，词人感觉了孤独，感慨现在谁能与自己做伴，再次在名园饮酒，去东城散步呢？往事都随着大雁一样飞走了，想在这里寻觅春天，都是徒劳的，都只是勾起离愁而已。

"东城闲步"又是化用一个典故，来自唐朝诗人杜牧与情人张好好的故事，杜牧与湖州名妓张好好交好，但张好好后来嫁给他人，有一天，杜牧和她在东城遇见，感慨万千。

周邦彦多次在词作中引用典故，说明了他的博学，也说明他作词有个特点，很多时候，不直接表达自己观点和心情，而是用一系列的典故让人去回味猜想。

"官柳低金缕，归骑晚、纤纤池塘飞雨，断肠院落，一帘风絮"，街道上的杨柳，长条低垂，像金线一般，骑马归去后，天色已经很晚，池塘上已经开始落入蒙蒙细雨，看那令人伤心的院子，只有风吹着柳絮，扑向了门帘，一切都风光不再。

整首词透露着阴郁的味道，这和词人性格类似，周邦彦早期是满腔热血，但在仕途上不得志后，变得沉重隐忍，这种改变也导致他在词作中表达出自己的沉重。

杜牧与张好好热恋，但张好好嫁给了别人，杜牧得知后感慨，周邦彦爱恋着一个女子，数年后，物是人非，自己曾爱恋的人已嫁为人妇，更不知身在何处，依偎在谁的身旁。

这样的故事在每一个时代都会上演，今天的人们或许都经历过刻骨铭心的爱恋，时隔多年，当有意无意的路过当年和恋人一起走过的路，当看到当年和恋人一起看过的电影……心中总是浮现起他（她）的模样。

人非草木，孰能有情？但是只作为一个诗意的回忆是无可厚非的，倘若思之若狂，把前任当作挥不去的精神鸦片，沉湎在过去，便是愚者的表现了，不妨听取词人晏殊的"不如怜取眼前人"，犹如沈从文写给妻子张兆和的诗一样："我行过许多地方的桥，看过许多次数的云，喝过许多种类的酒，却只爱过一个正当最好年龄的人。"

第三章 南宋前期

李清照 | 天下第一才女的任性人生

却把青梅嗅

蹴罢秋千，起来慵整纤纤手。露浓花瘦，薄汗轻衣透。

见客人来，袜刬金钗溜。和羞走，倚门回首，却把青梅嗅。

——《点绛唇》（蹴罢秋千）

少女情怀总是诗，青春年华里，少女的世界里总充满着别有情趣的爱情故事。

"大明湖畔，趵突泉边，故居在垂杨深处，漱玉集中，金石录里，文采有后主遗风"，在山东泉城济南的趵突泉内，园内有一个漱玉泉，那里坐落着伟大的才女李清照的纪念馆。这幅由郭沫若书写的对联镶嵌在纪念馆的门口。

李清照一生活到了七十三岁，前半生处于北宋时代，后半生处于南宋时代，但一般文学上将她定格为南宋词作家。在奉行女子无才便是德的封建社会，出现了这样一位女词人，是时代的幸运，她被誉为南宋最优秀成就最高的词人，她的词作水平超越了同时代的许多男性。

无论是古代还是现在，大部分女人会过多地专注于诸如衣服、相貌、交友等闺中话题，而对于国家大事不如男性关注得多，在封建社会的女子更是如此，国家大事和自己基本没一点关系。但李清照是个例外，她关心时局，正因为她是例外的，所以她在当时的众多女子中鹤立鸡群，成为一代词宗。

李清照的最大例外便是她的性格，用今天的话来说，属于女汉子。这个性格从小就铸造了，小的时候，一般女孩子都是恪守女戒，身处深闺，对外界不关注，李清照不一样，虽然作为女子也不能肆无忌惮地天天外出，但她还是借助一些条件去外面呼吸新鲜空气，了解外面的气息。

小时候的她特别"野"，她曾经为自己当时的调皮写了一首《如梦令》（常记溪亭日暮）："常记溪亭日暮，沉醉不知归路。兴尽晚回舟，误入藕花深处。争渡，争渡，惊起一滩鸥鹭。"沉醉不知归路，李清照还好饮酒，像男人一样豪迈地举杯邀明月，因为喝醉了，竟然不知道来时的路了，出来游玩就尽兴，至于父母怎么责罚，回去再说。这首词将一个天真、烂漫、调皮的女孩的形象勾勒了出来，里面也透露着少女时代的欢快。

李清照少女时代是幸福的，但当时的世界并不安宁，而她是关心时局的，所以后半生她的作品和国家衰亡联系在一起，多是抒发对时局的担忧，都大多有着凄凉的味道。但身上这种女汉子的性格还没有完全消磨，北宋灭亡后，她和丈夫一起过着流离生活，在逃难途中，为了排解忧愁，开始赌博。这就是直率的李清照。

这首《点绛唇》（蹴罢秋千）也正是李清照少女时代的作品，里面也表露出调皮的一面。

那个时候，荡秋千是女孩为数不多的娱乐方式，一日，李清照在院子里荡秋千，却无意地瞥见一个玉树临风的身影在院子里出现，那身影朝着父亲的房间远去，而那人仿佛也看见了她。只是随意地一瞥，少女李清照心跳了一下，仿佛被人看到了隐私一样，刚才的那个人是谁？是不是就是来提亲的人呢？

提亲的人或许已经在秋千架下发现了李清照，但是毕竟男女授受不亲，他只是远远望了一眼，连忙把头扭开，他没发现她的害羞。

慌乱中跑开的李清照暗自笑了起来，她害怕看见提亲的人，但又想找机会偷偷望一眼。

这个紧张刺激的一幕被李清照用词记录了下来。"蹴罢秋千，起来慵整纤纤手。露浓花瘦，薄汗轻衣透"，在阳光姣好的时光里荡秋千，整个人也懒洋洋的，已经懒得打理自己，手掌上已经有灰尘，也不愿管了。天气渐渐热了起来，衣服已经被汗水湿润了，下了秋千看到花丛里露气还滴落在绿叶上，但花儿却正在凋零。

"见客人来，袜刬金钗溜"，忽然，竟然发现家中来了陌生人，紧张地赶快跑，好像来提亲的吧，但现在自己的衣衫被汗水打湿了，手也很脏，给人留下一个不好的第一印象怎么可以呢？惶恐中连鞋子也顾不上，穿着袜子就溜走了。调皮紧张的女孩形象就这样出现在纸上。

"和羞走，倚门回首，却把青梅嗅"，虽然离开了，但忽然女孩子的好奇心涌上心头了，李清照很想看看这个人怎么样，因为很有可能就是今后相伴一生的人，但女孩子应该矜持，不能这样大张旗鼓地去看人家，有了，手上正好有青梅，就装作嗅着青梅，偷偷看一看。

少女时代的李清照是如此可爱，而到了李清照与赵明诚婚后，更是大胆直率，婚后的李清照写过一首《丑奴儿》："晚来一阵风兼雨，洗尽炎光。理罢笙簧，却对菱花淡淡妆。绛绡缕薄冰肌莹，雪腻酥香。笑语檀郎，今夜纱厨枕簟凉。"

李清照笔下的婚姻生活是幸福的，她和丈夫赵明诚的结合虽是父母包办的，但两人却有着很多相同的爱好，他们都喜欢金石古画、诗词。两人还发明了一个游戏，有时候会轮流说一句词或一段文字，然后对方猜测出自哪一部书籍，猜对就喝茶，而李清照总是得胜，她得到了幸福的爱情，所以才"怕郎猜道，奴面不如花面好。云鬓斜簪，徒要教郎比并看"。在一首《减字木兰花》里，李清照记载自己买了好看的花，忽然女孩子的复杂细腻心思涌来了，竟然想知道丈夫到底是爱花还是爱自己，担心丈夫爱花忽略了自己，又想把花插在头上，让丈夫看看到底是花好看还是自己好看。

"见客人来，袜刬金钗溜"，在今天，自由恋爱盛行，但仍然会有例外，有人来提亲说媒，两人在第一次见面，彼此都紧张，想给对方留下一个好印象，以至于自己的一切都要搭理好，李清照的心态描写，引发了更多人的共鸣。而"笑语檀郎，今夜纱厨枕簟凉"，这样的情景也给了后人一个启发，可爱是相恋男女中良好的调味剂。

此情无计可消除

红藕香残玉簟秋。轻解罗裳，独上兰舟。云中谁寄锦书来，雁字回时，月满西楼。

花自飘零水自流。一种相思，两处闲愁。此情无计可消除，才下眉头，却上心头。

——《一剪梅》（红藕香残玉簟秋）

从前，思念只是一种说不出的愁，堵在胸口，让人难以消受。直到遇见了李清照，才明白了那种情愁，是"才下眉头，却上心头"。

李清照，南宋有名的才女、词人，她无疑是宋朝的一抹亮色，才气非凡，如一弯明月，皎洁明亮；又如一泓清泉，清澈甘洌。

这首《一剪梅》是李清照的代表作之一，每一句都堪称经典，每个字缓缓滑过心间，暖心又伤心，刚劲又柔美。而能写出如此烫心的词句，想必也是途经了刻骨的爱情。

光阴回转，故事开始在两宋之交，李清照在这里遇见了她的一生挚爱赵明诚。赵明诚是宋徽宗崇宁年间宰相赵挺之的三公子，才学兼备，是个有识青年。李清照生于书香门第，一个士大夫家庭。

两人的缘分开始于诗词，在未相识前，赵明诚就读过李清照的诗词，对这位透着灵气的女诗人心存敬佩，想要结交，却一直没找到机会。

也许，是诗词埋下了缘分的种子，因缘际会，他们在赏花灯时相识，赵明诚被李清照的才情深深吸引。为了能与钟情的女子长相厮守，赵明诚便以"言与司合，安上已脱，芝芙草拔"的字谜方式，委婉地向父亲赵挺之谈及此事。赵挺之洞悉儿子的心思，便派人去向李清照家提亲。郎才女貌，门当户对，美好的爱情因此被成全，也算得是难得的幸运。

二人婚后的生活，幸福美满，夫唱妇随让世人艳羡。共同的爱好紧紧地连接着两颗炽热的心，他们同心协力搜集金石、古籍，携手相伴游览名胜古迹，他们还一起吟诗作画……

可再深重浓厚的情感，也抵不过岁月的刀锋，幸福美好的时光终被现实所抽离。靖康二年三月，这对恩爱夫妻开始了现实中的流离。赵明诚因奔母丧先南下金陵，而李清照则是返回青州，整理家中金石文物准备与夫君会合。只是，在兵荒马乱的年月，一个女人步履维艰，饱尝世事心酸，曾经的幸福与甜蜜被离别的愁绪填满。她的内心，蓄满深情，在寂静的时光里，便发酵成了情深意浓的诗词。

这首《一剪梅》属于李清照早期的作品。写出了离别后的相思之苦，也写出了她对丈夫的一往情深。

"红藕香残"红藕即荷花，写户外之景，"玉簟秋"玉簟即透着秋凉的光滑似玉的竹席，写室内之物，既源于自然又蕴含了悲欢离合的人事心情。"自古逢秋悲寂寥"大抵就是李清照此时的心境了。可借酒消愁，悲歌当泣，并不是属于她的排遣方式。于是，她"轻解罗裳，独上兰舟"，轻轻地换上便装，一个人泛舟水面，往日的欢乐依稀浮现在眼前。

　　就这样，她在属于一个人的时光里，回忆两个人的故事。诗句中的一个"独"字，不经意间暗示了她的处境，刻画了离情。离别虽苦，却可以苦中作乐，忆甜解苦，她在往日的追忆中，悄悄纾解着自己的满腹离愁。

　　下一句"云中谁寄锦书来"提出了悬念和问题。诗词中所说的"谁"自然是指赵明诚。接以"雁字回时，月满西楼"构成了一种独特的意境。西楼月满，人却未能团圆，雁字归来也未见锦书，也因此有了"谁寄"之叹。

　　"锦书"一说最初缘起于前秦，在《晋书·列女传》中曾记载过这样的故事：前秦的秦州刺史窦滔，被徙流沙，他的妻子苏蕙曾织锦作《璇玑图》给夫君，以表达自己的思念。全诗共八百四十字，纵横反复，皆可诵读，文辞凄婉，令人动容。也是从那时开始，后世的人们称妻子寄信给丈夫为锦字，或称锦书，后泛指书信。

　　隔着悠悠岁月，更换了时代幕布，这一封"锦书"也同样承载着李清照的期盼与相思。寂静的夜晚，绵长的相思，一个人矗立在楼上，长久地凝望远方，这一望望断天涯。

　　虽然此后二人还会见面，但是"相聚时难别亦难"，一次次痛彻心扉的离别，让她柔软的内心充满了惆怅，充满了离愁别绪，任何花开花落，秋风春雨，四季更迭都会激发她的创作灵感。李清照的词成为她寄托相思、排遣苦闷最直接的表达。

　　"花自飘零水自流"，此情此景，似有"无可奈何花落去"之感，又有"水流无限似侬愁"之恨。可这一句又实在是像一句不祥的预言，李清照在那之后的人生，开始了无可奈何的飘零。令人肝肠寸断的愁绪，不会随风飘散，不会随水远行，不会随时间流逝。她的一生，或许只能在相思闲愁之中度过吧。

"一种相思，两处闲愁"，夫妻二人分离的苦楚只能靠写几首词聊以自慰。她写完之后，想着丈夫此刻也应该在想念自己，两地相思之情应无二致。李清照不再掩饰对丈夫的思念，她用自己的诗情将这份闲愁诉说，以此来排解内心的苦闷。可她的"愁"情无药可救，无计可施，才下眉间，又上心头。深切的情绪涌到胸口，于是她笔下这句"此情无计可消除，才下眉头，却上心头"道破了最浓的心绪，在千古时光里流传不休。

这世间的思念情愁，其实都是老故事，纵使时光匆匆游走，但那些爱情故事、离愁别恨，依然不断上演，日日如新，像梁思成与林徽因，朱生豪与宋清如，王小波与李银河，你和你的他（她）……所以这种词更易道出了你的心思，戳中了你的心事。

无论你走多远，无论你在何处，终会遇见一个人，给你一段难忘的爱情。让你感受幸福，也尝尽思念的苦涩。年深日久，岁月流逝，苦涩被时光冲淡，记忆却能被时光发酵得更加清晰。当你再度回味那段岁月，那"才下眉头，却上心头"的愁绪，已经变成了诗意的馨香。也许，这便是"爱过"与"思念"的意义。

人比黄花瘦

薄雾浓云愁永昼，瑞脑消金兽。佳节又重阳，玉枕纱橱，半夜凉初透。

东篱把酒黄昏后，有暗香盈袖。莫道不消魂，帘卷西风，人比黄花瘦。

——《醉花阴》（薄雾浓云愁永昼）

在宋词中，闺怨词占了很大比重，形成宋词里一道独特的风景。但李清照的闺怨词胜于其他词人的，因为众多男性词人，他们虽然有敏锐的洞察力，但他们通常是模拟女子的心态入笔，而李清照本身是女性，对女性在闺怨词中的定位自然更深一些。

李清照婚后创作的词中几乎处处可见丈夫赵明诚的影子，李清照已经把赵明诚当作生命的全部，所以在赵明诚不在的日子里，她的失落感尤为强烈，因为女性在当时不像男性一样要做更多的事情，李清照也希望像男子一样为国事而尽一分力量，但她的女儿身使她不能踏入仕途，所以她的心思只能是丈夫和词，所以她体验闺怨比男性词人要深刻。

而一旦遇到佳节，这种失落感又是倍加强烈。在李清照和赵明诚婚后的第三年，赵明诚时常因为公务出差，李清照经常要经历独居的生活，李清照女汉子的性格背后还有着绵里藏针的细腻，丈夫一离开自己的视线就开始不能忍受。

古代的娱乐活动很少，所以人们特别重视传统节日。热闹的气息处处可闻，孤独的李清照看到周围各家各户都在团聚，敏感的心陷入忧伤。生活无忧无虑，但内心总是缺失的，这种缺失是没有代替品可以满足的。

"薄雾浓云愁永昼，瑞脑消金兽"，词人刚从床上醒来，就看到有薄雾弥漫着，云是愁密的，浓得让她看不到前方，看不到思念的人，为白昼的时间长而烦恼。李清照这首词写的是重阳节，已经进入深秋，不该是漫长的白昼，她之所以感觉漫长是因为内心孤寂，才感到孤寂的时光太漫长。同时，在金兽香炉里有龙脑香吹着烟。

"佳节又重阳，玉枕纱厨，半夜凉初透"，烦恼的原因揭示出来了，因为重阳节倍加思念亲人。词人躺卧在玉枕纱帐中，后半夜的凉气已经把全身都浸透了。

"东篱把酒黄昏后，有暗香盈袖"，词人的苦恼持续了一天，一直到了黄昏还没消散，词人黄昏的时候在东篱边饮酒，院子里淡淡的黄菊的香气把双袖都溢满了。按照当时的习俗，重阳节要喝菊花酒，而此刻的李清照更盼望着和丈夫一起喝菊花酒，现在却只能独自赏着菊花，独自饮酒。

"莫道不消魂，帘卷西风，人比黄花瘦"，千万不要说这样的佳节不会让人伤神，当风卷起珠帘时，帘内的人儿因为思念，比那黄花还消瘦呢！因为节日怀念亲人，这样的感觉比王维的"遍插朱萸少一人"更有韵味，比苏轼的"不应有恨，何事长向别时圆"更有魅力。

第二天，李清照从睡眠里醒来，把这首词寄给了赵明诚。

过了一段时间，远在外地的赵明诚收到了李清照的信，看到上面娟秀的字迹，想念起和李清照在一起的时光。他看到妻子又有了佳作，但也明白是自己远在外地，才让妻子没有了依靠，妻子有了佳作值得欣慰，但想起妻子写词时的感受，他内心又忐忑不安起来。

赵明诚仔细地品读着妻子为他而写的新词，读完后先是心酸，感觉对不起李清照。但紧跟着，他赞叹起李清照的文采，常人所不及，尤其是最后一句"莫道不消魂，帘卷西风，人比黄花瘦"。

赵明诚被妻子的深情感动，他感觉到愧疚，没有好好陪伴她，但他也很思念妻子，就也想写词来表达，想告诉妻子，其实自己对她的思念不比她对自己的思念少。

到了夜晚，赵明诚卸去一天的疲倦，专心写词，他坚信一定写得比李清照好，整个晚上，他洋洋洒洒地写了十几首，感觉满意，又用了两个夜晚，一共凑齐了五十首。

赵明诚暗中得意，五十首词，总有超越李清照这首《醉花阴》的。

数天后，赵明诚找到了好友陆德夫，他把新写的五十首词放在一起，其中又混夹上李清照的《醉花阴》，都交给了陆德夫。

"德夫呀，你看看，这些都是我新写的，哪一首最好？"赵明诚得意地问，他想只要有哪一篇好，就证明自己比妻子还在乎二人的感情。

陆德夫仔细地读起来，过了很久，说，"最好的一篇是《醉花阴》（薄雾浓云愁永昼），里面最好的句子是，'莫道不消魂，帘卷西风，人比黄花瘦'"。

赵明诚一听，愣住了，这下终于服气了，自己的才华远远不及李清照，还是妻子用情更深，他尴尬地告诉陆德夫，这首其实是妻子李清照的作品。

每逢佳节倍思亲，这是亘古不变的规律。人们创造了节日，是因为需要为寂寞的生活增加色彩，有了节日，有时候也会更加寂寞。

随着时代的发展，节日越来越多，内涵却越来越丰富，无论是民俗节日还是和政治有关的节日，无论是国内的节日还是国外的节日，人们都在努力制造着快乐的气氛。物质的需要仿佛已经不再重要，每一个节日里，亲人间的团聚才是最有意义的。

亲人不能团聚，一切节日的欢快都会不完美，都是"薄雾浓云愁永昼"，度日如年，而亲人在身边与自己一起度过良辰，时间便被撩动，感觉同样的时间却变得快速。

节日里，男女朋友间，有互相送礼物的习惯，礼物的贵贱是无足轻重的，重要的只是借助一个物质的标记，证明他（她）在我心中很重要。

怎一个愁字了得

寻寻觅觅，冷冷清清，凄凄惨惨戚戚。乍暖还寒时候，最难将息。三杯两盏淡酒，怎敌他、晚来风急。雁过也，正伤心，却是旧时相识。

满地黄花堆积。憔悴损，如今有谁堪摘。守着窗儿，独自怎生得黑。梧桐更兼细雨，到黄昏、点点滴滴。这次第，怎一个、愁字了得。

——《声声慢》（寻寻觅觅）

有一种花叫荼蘼，是夏天开放的最后一种花。往事也如荼蘼花，慢慢地被冰冻，爱情也被尘封，再也寻不到当年的温存。

关于人的性情，很多人认为江山易改而本性难移，仿佛人的性格很难改变，然而，当人经历过一些深入骨髓的痛楚，性格会无形中发生变化，人往往会变成和原先截然不同的甚至自己曾反对的性格。

李清照便是如此，她的少女时代率真调皮大胆，像女汉子，到了婚后爱撒娇，敏感，而到了中年后，变得十分忧郁。

丈夫赵明诚的去世对她的打击是巨大的。李清照婚后不久，经常独守空房，她将思念赵明诚的细腻感情倾泻在笔端，但那个时候的李清照虽然是寂寞的，却潜意识里充满了幸福和期待，因为饱含了再次相逢的希望。但中年后的李清照就不同了，赵明诚已经去世，她这时候的思念已经成为缅怀，是绝望的，她一度生活在过去，无法正视现实。

曾经的思念是美的，她知道他在另一个方向能听到她的心跳，那是"一种相思，两处闲愁"，而现在已经是"吹箫人去玉楼空，肠断与谁同倚。一枝折得，人间天上，没个人堪寄"。他像黄鹤一样飞去，永远没有了踪迹。

其次，宋徽宗宋钦宗父子被金国俘虏，北宋成为历史，大批百姓流离失所，南宋政权偏安，不思进取，这一切和赵明诚的去世发生在同一年，这一切都让李清照心力交瘁。

国恨难消，而自己身为女人也无法上战场杀敌，夫君去世，精神上没有了依靠，大量的金石、古籍也流失，让她萎靡不振。她唯一能做的只是发出"两汉本继绍，新室如赘疣。所以嵇中散，至死薄殷周"般的呐喊。

李清照的《武陵春·春晚》便是她那时的作品，当时国破，夫亡，自己流落浙江金华，一切变故突如其来，猝不及防，嘴唇还想表达悲苦，泪水早已经不听使唤，于是有了"物是人非事事休，欲语泪先流"，愁苦无法排解，所以才"只恐双溪舴艋舟，载不动、许多愁"。

那个时候，她的生活状态是这样的。弯弯的月亮挂在夜空里，微风吹来带着肃杀的凉气，她独自立在窗前，望着天空上的一抹弯月，望着白日里曾经依偎的那个阑干，想起了十几年前的时光，那时候她和赵明诚是人人羡慕的伉俪，她们一起谈笑，一起喝酒，一起探讨诗词，一起挨着身子研究金石，一起喝茶猜诗。他出门而去，她期盼他归来，她为而写出脍炙人口的词。他每次回来，她都雀跃。此刻她望着月牙，想从月牙里找寻昔日的痕迹，往事仿佛就在昨日。

她开门，站在门前，天上几颗星斗，地上的菊花在月牙的照射下，一片颓废的样子。她失神的眼光望着凄凉的院子，在心中大声呼喊，明诚呀，明诚，你在何处？你叫我去哪里找你？你又去泰山找金石了吗？你何时回来，我在大门口等你。

不是每个思念都有结果，没有声音回答她，连飒飒的风也不作响，周围是一片静谧，静得仿佛可以听到静的声音。没有凉风，但她的身子还是不由自主地哆嗦。

"寻寻觅觅，冷冷清清，凄凄惨惨戚戚。乍暖还寒时候，最难将息"，在忧苦中寻找呀寻找，国家没有了，明诚不在了，只有冷冷清清相随，一片凄惨。虽然暖和了，但还保持着没褪去的寒冷，这样的恼人天气更让人抑郁。连用七个叠词在词的开篇，表达也很切题，李清照的文字功底实在不同凡响。

"三杯两盏淡酒，怎敌他、晚来风急？雁过也，正伤心，却是旧时相识"，饮过几杯酒，根本无法抵挡萧瑟的风带来的寒凉，借几杯酒消愁，根本不能让自己忘记了对明诚的思念。有大雁飞过，竟然都是老相识，可惜这些老朋友还在，而他已经永远无法出现了。

"满地黄花堆积。憔悴损，如今有谁堪摘？守着窗儿，独自怎生得黑"，园子里的菊花堆积满地，都已经憔悴不堪，如今还有谁来采摘？就像自己变得憔悴，谁能来安慰呢？一个人冷冷清清的守着窗子，这么孤寂，到底怎么样才能熬到天黑？

"梧桐更兼细雨，到黄昏、点点滴滴。这次第，怎一个愁字了得"，细雨下起来了，落到梧桐树上，一直到黄昏，还是点点滴滴的在拍打，让人不忍目睹。这种情况，岂是一个愁字就能表达得尽的！

李清照就在孤独的岁月里，每天对国事忧愁却无能为力中，渐渐消磨着自己的容颜，流离失所，无人陪伴和怜悯，凄苦的熬到七十三岁。晚年的她将赵明诚的遗作整理成册，那是她生活下去的主要动力。

在她七十三岁的某一天，她抚摸着为丈夫整理好的《金石录》，她想起了新婚时，为他打扮得花枝招展，她想起他外出时她倚楼思念凝望，她想起两人一起南渡，他在她怀中无声无息地到了另外一个世界。

一代才女李清照去世的时候，享年七十三岁。在她七十三年的生命里，和赵明诚生活的时间仅仅是二十多年，但却是她一生中最珍贵的时刻。

　　人的生命总是有限，只有几十寒暑，而和终身伴侣在一起的时间更是短促，并且在更有限的日子里，还要抛除工作和休息的时间。

　　因为短暂，所以，和相爱的人要且行且珍惜。

朱淑真 | 才比李清照，命比纸更薄

独行独坐。独倡独酬还独卧

独行独坐。独倡独酬还独卧。伫立伤神。无奈春寒著摸人。

此情谁见。泪洗残妆无一半。愁病相仍。剔尽寒灯梦不成。

——《减字木兰花·春怨》

有人说："在对的时间遇到对的人，是一种幸福；在对的时间遇到错的人，是一种悲伤；在错的时间遇到对的人，是一声叹息；在错的时间遇到错的人，是一种无奈……"

对对错错，总因为心有所属，于是，爱情出现了多种样子。

南宋的词坛中，除了李清照外，还有一位久负盛名的女词人朱淑真，她的文学成就几乎可以和李清照相媲美。作为为数不多的女性词人，朱淑真的一生充满了悲剧色彩，纵观两宋享誉盛名的词人，男性词人多在仕途上不顺，而作为女词人的朱淑真没有仕途的羁绊，更多的则是个人情感生活的困扰。

朱淑真出生于官宦之家，从小就读书识字，她和那些男性词人不一样，他们充满了雄心壮志，都想报效朝廷，而她少女时代想得最多的是将来嫁一个如意郎君，拥有"愿得一人心，白首不相离"的浪漫生活。

她在无忧无虑的少女时代里，做过这样一首诗："初合双鬟学画眉，未知心事属他谁？待将满抱中秋月，分付萧郎万首诗。"这首诗表达了对将来如意郎君的期待，那个时代，女孩子应该是矜持的，而朱淑真敢于在诗歌中表达对爱情的渴慕，少女时代的朱淑真就是这样敢于表达心声的人。

她择偶的标准不是门当户对，而是情投意合，她的性格便是做事要随着自己性子，甚至那个时候，朱淑真曾背着父母在外面与人热恋。对一个名门闺秀来说，这是很丢脸的事情。

后来，朱淑真的父母按照自己的标准给朱淑真安排了一门婚事，如果是一般女子，或许会屈服，但朱淑真坚决遵从自己的内心。然而，胳膊拧不过大腿，朱淑真尽管为自由呼唤，也奋起抵抗，但都无济于事，最后还是抵不过父母之命，嫁给了一个自己从来不认识的人。

婚后的朱淑真如同堕入地狱，因为现实中她的婚姻和她期待的婚姻有天壤之别，如此反差让她痛不欲生，她本身带着女子的多愁善感，又有着诗人的敏感，所以，她婚后写了很多因爱情不如意的悲苦词篇。朱淑真的丈夫是个小官吏，历史上到底为人如何无从考证，但他在朱淑真眼中，却是一个庸俗不堪、无情无义、钻营好色的人，朱淑真和丈夫也没有共同语言。

朱淑真的父母以为女儿嫁给了一个门当户对的人家，生活会幸福，但朱淑真却天天生活在怨恨父母和空虚中。朱淑真唯一宣泄情感的方式便是作诗作词，她有一次作了这样一首诗："鸥鹭鸳鸯作一池，须知羽翼不相宜。东君不与花为主，何似休生连理枝？"朱淑真在诗中把自己比作了鸳鸯，把丈夫比作鸥鹭，鸳鸯和鸥鹭本来就不是同类，怎么能在一起生活？

朱淑真对丈夫的感情一直不深，而丈夫把更多精力放在为官上，不懂女人心，并有三纲五常的传统观念，认为女人该服从自己。两人的矛盾除了环境原因外，还有性格上的不同。朱淑真的性格是有话直说，所以在诗词里不顾一切地诉说对婚姻的不满，丈夫自然会不高兴，这样夫妻感情会更差，而朱淑真便更多地作诗词指责丈夫。

朱淑真的性格还在于充满幻想、理想化，难以面对现实，所以当和丈夫不合的时候，更加考虑那些唯美的自己却抓不到的爱情。后来，丈夫又娶了小妾，当时在封建社会是正常的，但朱淑真受不了。

婚后的朱淑真感觉非常孤独，曾写过这样一首词——《菩萨蛮》（山亭水榭秋方半）："山亭水榭秋方半。凤帏寂寞无人伴。愁闷一番新。双蛾只旧颦。起来临绣户。时有疏萤度。多谢月相怜。今宵不忍圆。"小亭内的美景，楼台上的美景都可以看到，但自己却一个人躺在帷帐里，无人相伴，旧愁加上新愁，转身坐在窗前，有流萤不断飞过。抬头看天空上的明月，大约是明月可怜我，都不忍心变圆。

朱淑真由于婚后生活不幸，更加回想起婚期初恋情人的好，所以为了追求自己的幸福，背着丈夫与初恋情人相处了一段时间，也就是在这段时间，她的词一改悲凉，写下了充满欢愉气息的《清平乐·夏日游湖》："恼烟撩露，留我须臾住。携手藕花湖上路，一霎黄梅细雨。娇痴不怕人猜，随群暂遣愁怀。最是分携时候，归来懒傍妆台。"荷花含烟带露，美不胜收，词人与心上人一起游玩，却忽然下了雨，但这是让词人兴奋的雨，因为要找机会避雨，这样可以继续和心上人在一起，所以她发出了大胆的心声，自己的娇态也不再遮掩。但这种恋人总是聚少离多，真希望这样的场景永远存在。

朱淑真内心深处是反对封建礼教的，她敢于挑战，才发出了"娇痴不怕人猜，随群暂遣愁怀"大胆直率的词句。

朱淑真和心上人藕断丝连的事情最终被夫家知道，夫家终于决定将她休掉，而娘家也为她的行为感到耻辱，不接纳她，她走投无路只好去了一个尼姑庵。但身处空门也没让她心灵得到解脱，最后在一个风雨交加的夜晚，她离开尼姑庵，望着平静的湖水，纵身跳了下去，一代女词人就这样香消玉殒。她的死，固然有性格上的极端化，更是封建礼教杀死了她。

朱淑真死后，她的词几乎都被父母焚烧，还好朱淑真的《断肠词》一部分幸运地被留存了下来。

这首《减字木兰花·春怨》是朱淑真的代表作。

"独行独坐。独倡独酬还独卧"，开篇连续用了五个"独"字，独自行走，独自生活，独自唱歌，独自饮酒，还独自休息，给人一种凄凄惨惨的感觉。

"伫立伤神。无奈春寒著摸人"，由于婚姻生活不幸，又独自一个人，只好总是站着发呆。

"此情谁见。泪洗残妆无一半"，因为泪流满面，把化的妆都给冲洗了，这样憔悴的心情有谁能看见和理解呢？在那个时代，朱淑真的行为会被视为不守妇道，所以不能被更多人理解，她被社会漠视远远比她的孤独还强烈。

"愁病相仍。剔尽寒灯梦不成"，哀愁和疾病，总是反复得折磨自己，把寒灯剪掉也难以入睡，想做个思念的梦都做不成。

朱淑真是不幸的，婚姻不幸，连死后也不被人理解，她发出的声音更代表了当时很多女性的心声，只是大部分女性选择了逆来顺受，她却选择了反抗，虽然这样反抗让她遍体鳞伤甚至付出了生命。她性格是极端化的，喜欢按照自己的性子，对于不满意的东西坚决抵制。

或许她的丈夫也不是一无是处，或许她也想尝试着经营婚姻，所以父母逼她嫁人，她没有走极端去反抗，但她缺乏经营婚姻的能力，追求自由的个性让她更加厌弃丈夫。

朱淑真渴望的爱情没有得到，得到了的却让她悲痛欲绝，她在心上人与丈夫之间做着鲜明的对比，她的对比或许是有道理的。

现在人也喜欢对比，尤其是爱情上，总喜欢拿自己爱恋的人和别人对比，总是看到别人处处好，自己的另一半让自己失望。这不过是一种错觉罢了，只是内心把对方苛刻地放在了高台上。

新年新月钩寒玉

弯弯曲，新年新月钩寒玉。钩寒玉，凤鞋儿小，翠眉儿蹙。

闹蛾雪柳添妆来，烛龙火树争驰逐。争驰逐，元宵三五，不如初六。

——《忆秦娥·正月初六日夜月》

朱淑真的性情与民国作家朱湘类似，两个人都是完美主义者，都因为心中排解不开的事情郁郁寡欢，又都选择了自杀的道路。

朱淑真的性情大变，除了遭遇封建礼教的樊笼外，便是与自身追求完美的性格有关。另外，她出身好，从小过着锦衣玉食的生活，正是少年不识愁滋味。从小处在父母疼爱中，没吃过苦，缺乏对待坎坷的经验，一旦遇到不如意的事情便没有能力抵抗。

这首《忆秦娥·正月初六日夜月》正是朱淑真少女时代的作品，词中一片快乐的气息。

那个时候的朱淑真是个爱做梦的女孩，她丰富的想象力脱离实际的为自己构思着生活，她爱读书，爱诗词，无意中便对出口成章风度翩翩的男子充满着憧憬。她幻想着将来要嫁给这样的人，到时候一起对着明月流泪、大笑，一起作诗。她幻想着与心爱的郎君泛一叶扁舟，一个弹奏，一人高歌。朱淑真心目中的爱情没有柴米油盐，只是诗情画意，她不在意门户高低，只求精神愉悦。

朱淑真在少女时代里，真的遇上了一个这样的男子，少女的心如小鹿一样乱跳，她认为这是她的幸运。

那是在某一年的正月初六，她走在路上，他迎面而来，素不相识，但彼此竟然有好感，她有种似曾相识的感觉，眼前这个玉树临风的男子仿佛就是自己期许的男子。

男子热情地和她搭讪，她羞涩地回应了，二人交谈中，她显露出了自己的学识，博得男子的好感，后来二人散了，但他们约定下一次过节还要见面。

又是一年的正月初六，她又可以见到他了，所以她扮起盛装。

"弯弯曲，新年新月钩寒玉"，弯弯一轮明月，已经是新的一年新的明月，妩媚又清凉，就像玉一样。

"钩寒玉，凤鞋儿小，翠眉儿蹙"，忆秦娥的词牌有个特点，第一句的最后三个字是第二句的首句，所以再次重复"钩寒玉"。天上的月儿似玉一样，主人公的三寸金莲上裹着凤纹绣鞋，眉宇间带着笑意但又微微蹙着，有些紧张的样子。因为马上要见到心上人了，所以又兴奋期待又忐忑不安。

"闹蛾雪柳添妆束，烛龙火树争驰逐"（"闹蛾"是剪丝绸纸成为花的形状作为头饰。"雪柳"为纸制成的头花）。主人公头插闹蛾、雪柳，树上挂满灯光，烛龙跳着舞还驰骋追逐着。

"争驰逐，元宵三五，不如初六"，主人公认为，这样的盛况，即便是元宵佳节和三五日（每月的十五）也碰不到，那些日子还不如正月初六呢。人逢喜事精神爽，她要见到情郎了，所以感觉今天是个好日子。

在古代，正月初六是一个特殊节日，叫送穷节。据说，远古时代，黄帝的孙子颛顼，他有一个儿子，身材矮小，穿得很破烂，人们叫他穷子。他就死在正月初六，他死后被人们称为穷鬼，每年的正月初六便是老百姓的送穷节。古代的女子是不可以轻易出门的，而像送穷节这样的节日，是可以被允许自由出门游玩，而这样的节日也容易在男女之间发生故事，因为陌生的男子女子平时轻易见不到。

少女时代的朱淑真的春天是美丽的，夏天也是美丽的，她在诗歌《夏日游水阁》写道："淡红衫子透肌肤，夏日初长水阁虚。独自凭栏无个事，水风凉处读文书。"那个时候，朱淑真的四季都是美丽的。

在她被迫嫁给不喜欢的人后，一年四季都成了灰色，春天也变得肃杀，她在《蝶恋花·送春》里写道，"绿满山川闻杜宇，便作无情，莫也愁人苦。把酒送春春不语，黄昏却下潇潇雨"。春天留不住，只能把酒送春天，自身的春天更是永远不再来。

人的憧憬越大，越会迷恋这样的憧憬，一旦这种憧憬破灭，将是极度的苦痛。而朱淑真的性格决定她对于跟理想有很大反差的人生体会地更加深刻。极大的反差生活让朱淑真走上绝路，但她一个人的死并不能改变封建礼教的存在，在那个时代，连男子都无法扭转礼教，而男尊女卑的环境下，女子的抗争更是苍白无力。

因为抗争无力，精神极度痛苦，所以死亡成为朱淑真唯一解脱的方式。除了死亡，还有一种方式可以对封建礼教表示抗议，便是与心上人私奔，朱淑真的性格有勇敢的一面，如果是私奔，她是一定有勇气的，但自始至终都没有走这一步，是男子的薄性还是缺乏必要的条件，或许是否有其他的原因，人们不得而知，而朱淑真最终还是选择了绝路。

历史记住了朱淑真，记下了这个曾经"凤鞋儿小，翠眉儿蹙"拥有青春梦想的女子。

在那个时代里，还有更多的未被历史记忆的女子，她们有着朱淑真的爱情经历，她们大多数选择了逆来顺受，她们有的也选择了朱淑真的绝路。

陆游 | 他爱唐婉，更爱国家

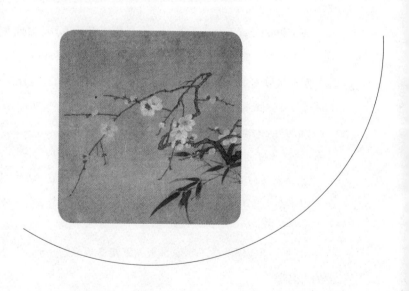

莫、莫、莫！

红酥手，黄縢酒，满城春色宫墙柳。东风恶，欢情薄。一怀愁绪，几年离索。错、错、错！

春如旧，人空瘦。泪痕红浥鲛绡透。桃花落，闲池阁。山盟虽在，锦书难托。莫、莫、莫！

——《钗头凤》（红酥手）

最悲剧的爱情不是求爱被拒，而是明明相爱却不能终成眷属。

在历史上，陆游的名字总是被打着"爱国词人"的标签，抗金是他一生最执着的事业。他对待国家的爱是轰轰烈烈的，同样，他的个人情感也令人慨叹唏嘘。

陆游的名字时常是和"唐婉"联系在一起的，陆游一生被人认为狂傲不羁，但在自己的爱情面前，陆游却是一个妥协者。

那是公元1154年的一天，陆游独自一人走在街道时，郁郁寡欢，他走到了众人簇拥的一面墙上，那里正悬挂着科举考试的名次，人们对张榜议论纷纷。

"这个叫秦埙的学子听说是当朝宰相秦相爷的儿子。"人指着榜上的人名说。

陆游精神恍惚地走到人群后面，结果他已经知晓，但真正看到还是浑身颤抖，从头到尾，他慢慢地看着，没有他的名字。

他默默离开了人群，脑海中想起了去年的初试，也是在同样的墙上，他看到了自己的名字高高位于榜首。许多朋友向他道贺。

　　但他当时的兴奋只是昙花一现，他竟然不知道他的名次引起了当朝宰相秦桧的嫉妒。这届考生中，有秦桧的儿子秦埙，秦桧要求将儿子判为第一，但考官依然按照才能将第一给了陆游，秦埙为第二。这个行为惹恼了秦桧，在今年的秋试中，坚决不让陆游高中。

　　陆游把科举看得很重要，他的母亲也看得很重要，但现在仿佛被判了死刑。他机械地往前走，不知该去何方？他望着天空，呆滞了一会，便发现前方的路正通向沈园。人生这么不如意，不如游玩尽欢，他带着这样的心情向沈园走去。

　　陆游来到了沈园，偌大的园林风光宜人，他暂时忘记了不快，闻着园林中的花香慢慢踱步。

　　前方不远处的荷花池里映出一个倩影，仿佛似曾相识，他抬头，看到了那道倩影的主人，忽然眼睛定格了，刚才的惊鸿一瞥像梦一样，是否是幻觉？他抬起脚快速朝前走，那身影竟然是熟悉的，他知道自己不是在做梦，但为何像梦一样？于是，他激动，往事点点滴滴都涌上心头。

　　而她，也看到了他，也是为之一颤，不敢相信自己的眼睛。

　　空气一下子就凝固了，两人互相看着，都没有说话。陆游心忽然疼起来，用手捂着胸口。

　　最终还是他先开口："这么多年了，你还好吗？"其实，他知道她过得不好，因为他看到她的神色是憔悴的。

　　两人都陷入了回忆里。他们现在成为对方的路人甲，可是，在数年前，他们却是最亲密的夫妻。

　　她叫唐婉，是他的表妹。他的童年是从靖康之变的羞辱中走来，战乱中，表妹成了他的儿时伴侣，他们一起游玩，一起读书。当他们长大了，终于成为夫妻，两人如漆似胶地生活着。

但有一天，噩梦来袭了。陆游母亲埋怨唐婉耽误了儿子的前途，儿子把所有时间都花费在她身上，将考取功名的事情淡忘了。陆游的母亲要陆游休了唐婉，当陆游得知母亲的态度后，找母亲谈心，母亲却要求陆游必须把她休掉。

陆游和唐婉都陷入悲痛之中，唐婉哀求说，以后一定督促陆游好好读书，如此，陆游母亲仍然不松口，仍然强硬的要求陆游休妻。

陆游母亲以死相逼，陆游望着唐婉，两人眼泪涟涟。

陆游最终还是写下了休书，就这样，唐婉带着哀伤离开了陆游，那一天，唐婉的眼泪滴满了陆家的地面。

陆游后来在母亲的安排下，又娶了一位王姓的妻子，而唐婉在父亲的安排下，嫁给了皇族宗室赵士程。

往事如烟，一幕幕都在沈园里回忆起来，只是两人的再次见面已经历了重重路程，简单的一句"还好吗"却饱含无尽的心酸。

陆游满眼的景物都成了灰色，他继续茫然地往前走，空气里似乎还能闻到唐婉的香气，但转眼间却又被吹散无觅处。不知不觉间，他已经来到了一面墙边，他的衣袖里恰好装着笔墨，于是，他拿起笔往墙上写了刚刚头脑中酝酿出的词。

"红酥手，黄滕酒，满城春色宫墙柳"，想起当年在一起的时候，红润的手内，捧着黄滕酒的杯子，两人在一起喝酒谈论诗词。此刻，仿佛整个院子里都荡漾着春天的气息，但是她就像是高墙内的杨柳一样被深深地锁住，让人无法碰触。

"东风恶，欢情薄。一怀愁绪，几年离索。错、错、错"，春风太可恶，欢情都被它吹散。酒杯里盛满的是忧愁，这几年没有了她，生活多么无聊萧瑟。让人不禁感叹，错了，错了，错了。东风在这里指陆游的母亲，陆游无法公开地表达对母亲的怨恨，但内心却是对母亲有了芥蒂。连续三个"错"，是感叹阴差阳错，感叹母亲的错，感叹自己的错。犹如曹雪芹笔下的《枉凝眉》："若说没奇缘，今生偏又遇着他。若说有奇缘，如何心事终虚化。"

"春如旧，人空瘦。泪痕红浥鲛绡透"，春天还是照旧，但人的朱颜已经因为相思日渐消瘦，泪水已经把脸上擦拭的胭脂红都洗掉了。

"桃花落，闲池阁。山盟虽在，锦书难托。莫、莫、莫"，池塘边的阁上，桃花心碎般的落满了，昨天说的誓言还在，但通过书信表达爱意永远不可能了。想爱却不能爱，比无法相爱的距离更长更难以逾越，只能让人感叹，罢了，罢了，罢了！

一个偶遇，一个惊鸿一瞥，一个伤心的回忆，一首流传千古让人嗟叹的词。

两人偶遇又分开，然后回到了各自的生活中去。这样的邂逅，或许一生都不会再有，再次的相逢，或者永远不能。

第二年的春天，芳菲盛开，春意盎然。唐婉独自去了沈园，自从那次的偶遇，她的芳心颤抖，灵魂仿佛留在了沈园，仿佛在那里可以找到暂时的快乐，找到生命的皈依。她来到了沈园，景物依旧美丽，去年的这个时候，在这里遇到了他，但今天还会有邂逅吗？她苦笑着，感觉自己的傻气。她慢悠悠地带着哀伤行走，忽然看到一面墙上的字迹，多么熟悉的字迹，当年她陪着他写过很多句子，那字体就是这般。

她颤抖的读起了墙上的句子，读完之后，泪水已经打湿了鞋子。这么多年，他和自己一样，没法忘怀，又如何能忘怀？

当她回到家中，脑海中想的还是这首陆游的词，她的血也凝结成灵感，便在纸上同样写下了另一首《钗头凤》："世情薄，人情恶，雨送黄昏花易落。晓风干，泪痕残。欲笺心事，独语斜栏。难，难，难！人成各，今非昨，病魂常似秋千索。角声寒，夜阑珊，怕人寻问，咽泪装欢。瞒，瞒，瞒！"

赵士程对自己很好，但她总是无法忘怀陆游。"世情薄，人情恶，雨送黄昏花易落"，她感受了世界冷暖，感受了人心的冷漠，黄昏了还在落雨，把花儿打得粉碎。

"晓风干，泪痕残，欲笺心事，独语斜栏。难，难，难"，泪水已经被风吹干了，想把心事写下来，但不可以做，只能自己独自倚着栏杆，想再次和他见面，真难。

"人成各，今非昨，病魂常似秋千索"，都有了各自的生活，不像昨天一样，因为思念，病恹恹的身子就像秋千索。

"角声寒，夜阑珊，怕人寻问，咽泪装欢。瞒，瞒，瞒"，夜风刺骨的寒冷，远方的号角更让人感觉凄凉，想哭出来，但害怕被别人询问，所以要天天强作欢颜，当什么事情也没发生。在别人的面前，只能是瞒着。

不久后唐婉因过度伤心，身体状况越来越差，竟香消玉殒。

陆游的脾气有些倔，但唯独在爱情上他没有和自己母亲倔到底，而是选择了顺从。或许他当初强硬一下，争取一下，或许他的唐婉会是幸福的，但人在至亲面前，总是更多了些无奈。

父母喜爱的，儿女不一定喜爱，所以在爱情上，父母不要强硬着把自己的意见加给孩子，中国台湾诗人非马有一首脍炙人口的诗歌《鸟笼》："打开鸟笼，把鸟放走，把自由还给鸟笼。"打开鸟笼，得到自由的不光是鸟，鸟笼也自由自在了。

当年万里觅封侯

当年万里觅封侯，匹马戍梁州。关河梦断何处？尘暗旧貂裘。胡未灭，鬓先秋，泪空流。此生谁料，心在天山，身老沧洲。

——《诉衷情》（当年万里觅封侯）

宋高宗时代，陆游在科举的道路上受到秦桧的陷害，后来秦桧死去，宋高宗成为太上皇，宋孝宗继位，陆游的仕途生活才来临。

陆游生活的时代正值南宋初建，有志气的士大夫都以抗金收复山河为己任，陆游是典型的爱国者，他步入仕途多次上书朝廷要驱赶金人。这里固然是他爱国的情愫所决定的，其次，便是他在爱情上的经历所决定的。在他和唐婉被迫分开后，他心中无时无刻不在牵挂她，但无论多么牵挂，都不能破镜重圆了，而陆游便把所有精力投放到抗金上，以此来减轻对爱人的思念。

然而，他的爱国情怀如同他的爱情一般，注定了痛苦的结局。整个南宋王朝从初建到亡国，权力几乎一直把持在妥协派手里。

他在老年时候，被弹劾罢官，没有了用武之地，只能在老家闲着，空有一腔热血，但无可奈何。

陆游写这首《诉衷情》时已经接近七十岁，暮年的悲哀凝结成块，愁肠里喷射出悲壮的句子。

"当年万里觅封侯，匹马戍梁州"，晚年报国无门，所以更加迷恋当年的战场生活，那时候充满了"不破楼兰终不还"的雄心，有着"醉卧沙场君莫笑"的豪迈，有着"笑谈渴饮匈奴血"的决心。单枪匹马奔赴边境保卫梁州，那时的生活是潇洒豪迈的。

"关河梦断何处？尘暗旧貂裘"，这一生怕是不能奋战杀敌了，那种日子只能在梦里出现和重温了，梦醒来又是身在何处呢，当年出征的貂裘已经没了用处，都布满灰尘了。

"胡未灭，鬓先秋，泪空流"，金国的侵略者没有赶出去，两鬓都发白了，现在只能眼泪空流。

"此生谁料，心在天山，身老沧洲，"本想一辈子奋勇杀敌，想不到竟然将要颓废地老死家中。

未能和唐婉携手共度一生，未能在晚年看到王师北定中原，这是陆游一生最大的两个遗憾。即便到了垂死之时，但心中想到的还是收复山河，并写下了脍炙人口的绝命诗——《示儿》："死去元知万事空，但悲不见九州同，王师北定中原日，家祭无忘告乃翁。"

他无法割舍对国家的感情，无法撂挑子随遇而安，对国家的爱已经深入骨髓。死后既然万事空，还要心系国家统一，儿子将来祭拜自己，首先要说的竟然是国家大事。

陆游最终在南宋满目疮痍的腐朽中，在报国无助的遗憾中，带着无奈离开了令他牵挂的这个世界，他的儿子乃至世世代代都没能在他的坟墓前诉说胜利的战事。

只是他到了另一个世界，不知道心爱的唐婉是否还在等他？如果见了面，是否感叹数十载的变化，是否还会认识？如果能相见，他们一定拥抱得紧紧的，喜极而泣，再也没有任何阻碍将他们分开，不再是"山盟虽在，锦书难托"。

辛弃疾 | 仗剑归来，英雄仍是少年

春风不染白髭须

有客慨然谈功名，因追念少年时事，戏作。

壮岁旌旗拥万夫，锦襜突骑渡江初。燕兵夜娖银胡䩮，汉箭朝飞金仆姑。

追往事，叹今吾，春风不染白髭须。却将万字平戎策，换得东家种树书。

——《鹧鸪天》（壮岁旌旗拥万夫）

多少男子，都有一个仗剑走天涯的侠客梦，尤其生逢乱世，文墨不足以改变家国命运的时候，人们多么需要一个侠肝义胆的救世英雄。

英雄气概，总是豪情万丈。他们的宿命，总与美好无缘。世间所有浮华，涤荡出浸骨的苍凉，纵然心中有泪，也不能盈满眼眶，只能吞落腹中，唯念辛酸遗恨。

世人皆不可否认，辛弃疾是南宋时期的英雄人物。他的出身有些特殊，在他出生时，北宋朝廷便已沦陷入金人之手。辛弃疾的祖父辛赞虽是金朝官员，心中却始终有着收复北宋国土的执念，他希望自己能有机会拿起武器，与金人展开一场殊死决战。

当南宋王朝躲到江南苟且偷生的时候，年幼的辛弃疾却已经懂得了什么叫做国仇家恨。对那些占领自己国土的金人，辛弃疾与之有不共戴天之仇，他看到了太多汉人在金人的统治下遭受的屈辱与痛苦，于是，少年辛弃疾就立下壮志，定要收复中原，报国雪耻。

一身侠气，便在对仇人的恨意中磨炼而成。他的人生，不过才刚刚开始，便已经拥有了令人惊心动魄的宏大志愿。其实，谁不希望一生简单平凡？谁又情愿一生颠沛流离？只可惜现实残酷，磋磨着初心，于是，纵然心有不甘，也只能一脚踏入浮沉之中。

绍兴三十一年，辛弃疾已经是一名二十一岁的青年。金主完颜亮大举南侵，在其后方的宋朝遗民因为不堪金人严苛的压榨，终于奋起反抗。辛弃疾也聚集了两千人马，加入了耿京领导的起义军，并在军中担任掌书记的职务，也由此开启了抗金的起落人生。

这首《鹧鸪天》大致创作于宋宁宗庆元六年（公元1200年），此时的辛弃疾已经步入晚年，在瓢泉闲居。几十年来，辛弃疾在各地担任文武官吏，因为进行练兵筹饷的活动，常被弹劾，最后罢官闲居江西上饶、铅山一代。

此时正逢客人登门拜访，与辛弃疾谈起建立功名之事，引得辛弃疾回想起自己从青年到晚年的半生经历，尤其是想到自己在抗击金兵的过程中处处受到朝中投降派的掣肘，令他报效国家的壮志难酬，更是引得辛弃疾一阵唏嘘感叹。

整首词短短五十五个字，却已将自己的一生完整概括。词一开篇，辛弃疾就用一句"壮岁旌旗拥万夫，锦襜突骑渡江初"描绘了一派气势恢宏的场景。

那时的辛弃疾，正值青春年少，意气风发，他的经历，也堪称传奇般精彩。二十一岁，辛弃疾参加领导抗金起义军，也曾率领过上万人的队伍。只不过，当时的起义军首领耿京，并没有对一身书生气的辛弃疾过多青睐，只给了他一个无足轻重的文官，命他掌管文书和帅印。

与辛弃疾一同投奔耿京的，还有一个名叫义端的和尚。到了军中，义端忍受不了在军中当差的苦头。他竟然趁辛弃疾不备偷走了耿京的帅印，准备将其献给金人，向金人邀功。

义端是在辛弃疾说服下投奔耿京的，再加上保管帅印是辛弃疾的职责，帅印丢失，便意味着他失职，耿京盛怒之下，便拿辛弃疾问罪。辛弃疾无言为自己辩驳，深知是自己交友不慎，又羞又愧，便当场向耿京立下军令状，誓死追回帅印。

当晚，辛弃疾便带了一小队人马，埋伏在义端去往金兵大营的必经之路上。果然，天快亮的时候，义端骑马来到，辛弃疾不由分说，挥刀便砍。义端看到辛弃疾，早已吓得魂飞魄散，立刻跪地求饶。辛弃疾又气又恨，看到义端这副贪生怕死的面孔，更加怒不可遏，手起刀落，将义端的人头斩落，夺回了帅印。

辛弃疾的勇猛，终于让耿京刮目相看，从此对辛弃疾越发重用，于是，在与金人的交战中，永远少不了辛弃疾勇武的身影。

然而，起义军首领耿京的生命，早已终结在几十年前的那个夜晚。当时，辛弃疾前往南宋都城临安与朝廷联络，希望能与朝廷联合，一举消灭金人，收复中原。

耿京却在辛弃疾离开之后，被叛徒张安国杀害，张安国立刻投奔金兵大营。辛弃疾从临安一回来，便得知这一噩耗，他率领五十名骑兵夜袭金营，在数万敌军中活捉叛徒张安国，并连夜狂奔上千里，将其押送临安正法。

"燕兵夜娖银胡䩮，汉箭朝飞金仆姑。"说的便是辛弃疾率领精锐锦衣骑兵渡江南来，突破金兵防线，与金兵交战的场景。

那段痛快杀敌的时光，是辛弃疾一生中最快乐的回忆。金兵的工事修筑得十分牢固，从不懈怠，时刻小心防备汉人的攻击。即便是在夜晚，金人也要枕着胡䩮入睡，那是一种用皮制成的测听器，军人枕着它，可以测听三十里外的人马声响。

即便金人如此小心谨慎，辛弃疾还是率领着大队人马如同神兵天降一般来到，清晨时分，汉军万箭齐发，射向金兵阵营，向金兵发起进攻，"拥"和"飞"二个字，从旌旗、军装、兵器上加以烘托，将起义军的军容之盛与战事的紧急描写得如火如荼、有声有色，仿佛一场厮杀正在眼前上演，耳畔还依稀传来起义军将士抗击金人时发出的助威嘶吼。

写到此处，辛弃疾不禁豪情万丈，他的一腔壮志已经洋溢于笔端。那是怎样一番报国的渴望，他信心满满，为国杀敌建功，希望夺回失去的国土，然而，当权者却偏偏不愿重用这位满腔热忱的报国志士，更将他的平戎之策搁置一旁。

辛弃疾的一腔壮志，便这样渐渐被沉埋了，抱负无处施展，人生也就此变得暗淡。词的下片，如同镜头一转，当年飒爽英姿的壮年英雄，已经变成须发皆白的老者。

追忆往事，只剩嗟叹。"追往事，叹今吾，春风不染白髭须"，一"追"一"叹"，写尽了辛弃疾的感伤与无奈。岁月漫长，给予了他无尽的折磨，因为追忆，所以感叹，感叹的是自己青春不在，垂垂老矣。

春风能吹绿草木，却不能将已经变白的胡须重新染成黑色。青春不在，是何其感伤的事情？下片的须发皆白，对比上片的壮岁之景，更令人感叹韶华易逝，英雄末路。

辛弃疾从不甘心年老，一腔壮志从未彻底湮灭。可是如今的他，除了感慨，又能做些什么呢？理想与现实间的矛盾，让他一生的政治悲剧变得越发凸显，他越是不甘，便越是沉痛。

那上万字的平戎之策，南宋皇帝似乎从未正视过一眼。那字字句句，都是辛弃疾的心血，更是他多年抗金的经验。若是南宋朝廷肯采用，或许早已将金人驱逐出北方土地。然而此时多想已是无用，不如放下执念，换上一本栽培树木的书籍来看吧，退隐归田，或许能寻得一份清净。

英雄无觅、孙仲谋处

千古江山，英雄无觅、孙仲谋处。舞榭歌台，风流总被、雨打风吹去。斜阳草树，寻常巷陌，人道寄奴曾住。想当年，金戈铁马，气吞万里如虎。

元嘉草草，封狼居胥，赢得仓皇北顾。四十三年，望中犹记，烽火扬州路。可堪回首，佛狸祠下，一片神鸦社鼓。凭谁问，廉颇老矣，尚能饭否。

——《永遇乐·京口北固亭怀古》

宋宁宗开禧元年（公元1205年），辛弃疾已经是一名六十六岁的老者，将"平戎策"换成"种树书"的生活，已经过了整整五年。闲居的生活，耗尽了他生命中最好的岁月。他以为，余生就这样在躬耕中度过了，却不想，在如此晚年，竟然又收到朝廷的一纸诏书。

草原的蒙古部落崛起，打得金人向南逃窜。偏安一隅的南宋朝廷眼看就要面临金人的攻打，危难之中，这才想起还有一名被闲置已久的抗金勇士可以任用。此时正逢韩侂胄执政，他正在积极筹划北伐，于是，辛弃疾的名字便出现在他的首选名单之中。

南宋朝廷这种召之即来挥之即去的做法，换做寻常人，或许早已不屑一顾。可经年的挫折与失败，依然没能泯灭辛弃疾心中的锋芒，反而将他越挫越勇。他抗击金人的意志依然那样坚定，于是，他毫不犹豫地接受了朝廷的任命，出任浙东安抚使。

第二年初春，辛弃疾又被任命为镇江知府，戍守江防要地京口。朝廷看似对辛弃疾委以重任，实际上只不过是在对他主战派元老的名声进行利用，号召朝中将士奋起抗金而已。

不知辛弃疾是否看出朝廷的本意，或许，他的心中比任何人都清楚，只不过金人近在眼前，虽然明知是被朝廷利用，依然希望能够与金人抗争到底。

于是，一到任上，辛弃疾就开始屯兵、屯粮、赶制军服、积极布置军事进攻的准备工作，又派出军事密探去收集金国的情报。他从情报中得知，金国早已外强中干，日薄西山，坚信只要南宋军民齐心，做足充分的战斗准备，定能一举收复失地。

如同连绵阴雨中的阳光，只不过一刻，便立刻又被乌云遮挡。没过多久，辛弃疾就发现南宋朝廷的政治斗争依然险恶，身处其中的他，是那样孤独，又那样危险。他深深地感觉到，在这样的政局之下，自己纵然雄心万丈，却依然难有作为。

辛弃疾赞成北伐，却不赞成韩侂胄轻敌冒进的做法。在没有做足完全准备之前，他不建议草率北伐，否则难免会重蹈覆辙，使北伐再次失败。可是，对于南宋朝廷来说，辛弃疾的看法又何足轻重？他们并不在意他怎样想，忧心忡忡的辛弃疾来到京口北固亭，登高远眺，无限惆怅。

京口本是三国时期吴国大帝孙权设置的重镇。来到此处，登上北临长江的北固亭，面对锦绣河山，辛弃疾心中却有一种无法言喻的酸楚。

"千古江山，英雄无觅、孙仲谋处"便是辛弃疾此时心中所想，孙仲谋（孙权字仲谋）是辛弃疾心目中的英雄人物，登上古京口，要他怎能不怀古？眼前的这片江山，已经悠悠千载，大好河山呈现于面前，辛弃疾的脑海中——闪现着千百年来曾在这片江山中叱咤风云的英雄人物，首先想到的便是孙权。

身为三分天下的帝王，孙权自然有着统一天下的宏图伟略。他曾将此处作为新都建业的屏障，在此击退了曹操军队的进犯，保卫了江南百姓的平安。只可惜，如今的南宋朝廷，已经无处去寻觅孙权这样的英雄人物了。

"舞榭歌台，风流总被、雨打风吹去。"江山依旧，英雄却不再有。当年象征着孙权光辉功业的遗物，已经在历史的长河中被风雨吞噬得毫无踪迹了，这便更意味着此时的南宋，再也无法像孙权当年那样建功立业了。

"斜阳草树，寻常巷陌，人道寄奴曾住。"孙权已无处寻，眼前的情境却让辛弃疾脑海中出现了另一个英雄人物，便是南朝宋武帝刘裕。据说，这里曾是刘裕居住过的地方，他曾以京口为基地，削平内乱，两度从这里北伐，先后灭掉南燕、后秦，收复洛阳、长安。

刘裕的功业，实在令辛弃疾敬佩，"想当年，金戈铁马，气吞万里如虎"，便是刘裕当年率领精锐部队北伐的雄壮场景，只可惜，这样的场景，也只能出现在历史中了。

若说整首词的上片，借古抒今还比较浅显，那下半片借由典故揭露现实的意义，则变得更加深刻。

"元嘉草草，封狼居胥，赢得仓皇北顾"，南朝宋武帝刘裕两次北伐胜利，南朝宋文帝刘义隆却没有这般实力，他幻想收复河南，却一连三次北伐皆遭遇惨败。宋文帝在第三次北伐之前，曾召王玄谟商讨北伐大计，王玄谟将自己的北伐之策陈述给刘义隆听，令刘义隆激动万分，信心十足。

汉武帝时，霍去病远征匈奴，歼灭七万余名敌军，于是在狼居胥山祭天，在姑衍祭地，以此庆祝胜利。刘义隆听到王玄谟的北伐之策，竟然心生在狼居胥山祭天的念头，足以见得他对此次北伐有十足的信心。

只可惜，准备不足，草草出征，注定不会得胜而归。当时的北魏，算不上铁板一块，若是南朝宋国能仔细筹谋，一定能收复部分失地。可惜，刘义隆太心急，轻易便挑起战事，导致北魏拓跋焘大举南侵，反而令宋国一蹶不振。

回想起南朝宋国的败局，辛弃疾便能想象到此时的南宋朝廷即将经历的一场惨败，可惜宋宁宗不懂得以古喻今，更不懂得从古人身上吸取教训。

"四十三年，望中犹记，烽火扬州路"，从这一句开始，辛弃疾终于想到了自己。自从辛弃疾起兵抗金，已经整整四十三年了。只可惜，宋朝却节节败退，自从南渡之后，便无招架之力，纵然辛弃疾身为英雄，却早已没有了用武之地。

"可堪回首，佛狸祠下，一片神鸦社鼓"，遥想当年，拓跋焘只用了两个月的时间就兵锋南下，反击刘宋，从黄河北岸一路穿插到长江北岸，在长江北岸建造行宫，便是后来的佛狸祠。当年拓跋焘的行宫外竟有百姓在那里祭祀，乌鸦啄食祭品，人们过着社日，只把那里当作一位神祇来供奉，而不知道这里曾是一个皇帝的行宫。金人完颜亮发兵南侵时，也曾在佛狸祠所在的瓜步山上驻扎。如今，沦为金人统治的百姓，早已不再抵抗，反而如同供奉神佛一般对异族君主顶礼膜拜，辛弃疾只要想来便一阵心寒。

"凭谁问，廉颇老矣，尚能饭否"，这是辛弃疾在以廉颇自比。如今的他，与当年的廉颇一般老当益壮，对朝廷忠心耿耿。只要朝廷信任，他便当仁不让，披挂上马，奔赴疆场，抗金杀敌。

　　只可惜，当年廉颇虽立下赫赫战功，却被奸人所害，落得背井离乡的下场，并最终没能被赵国再次启用，一腔抱负无处施展。辛弃疾的遭遇，仿佛与廉颇当年别无二致，辛弃疾被南宋朝廷重新启用了十五个月后，便被朝中官员以"贪财好色"之名弹劾，最终再次被罢免，而那群仓促北伐的人，最终也只得铩羽而归。

　　后来，当南宋皇帝再想起辛弃疾的时候，想要再以一纸诏令调他来抗金，辛弃疾却已经带着没能收复失地的遗憾，一病不起。

张孝祥 | 侠骨状元，柔情词客

只有楼前流水，伴人清泪长流

送归云去雁，淡寒采、满西楼。正佩解湘腰，钗孤楚鬓，鸾鉴分收。凝情望行处路，但疏烟远树织离忧。只有楼前流水，伴人清泪常流。

霜华夜永逼衾裯，唤谁护衣篝。今粉馆重来，芳尘未扫，争见嬉游。情知闷来殢酒，奈回肠、不醉只添愁。脉脉无言竟日，断魂双鹭南州。

——《木兰花慢》（送归云去雁）

从古至今，只要是有关爱情的话题，便总是缠绵凄恻。世人皆期盼有情人终成眷属，那期盼极美，却总是落空。多少被遗落的候鸟，任凭泪雨打湿诺言，沾湿衣襟，却只能默默忍受分别之后，各自为岸的酸楚。

张孝祥出生的时候，南宋政权已经建立，他的父母族人随着逃难的百姓南迁至明州鄞县之后，才生下了这个光耀门楣的儿子。张孝祥的伯父张邵不肯向金朝屈膝，因此惨遭囚禁，父亲张祁不过是区区小官，家中又无田产，于是，张孝祥便有了一个贫苦的童年。

张孝祥的出身，荒凉而又寂寞，却没能阻止他成为一个对诗书过目不忘的神童。十六岁那一年通过乡试的张孝祥，迈出了通往仕途的第一步，二十三岁，他已成长为潇洒倜傥、英伟不羁的青年，命运也已经在这一年为他准备好了一顶状元的桂冠。

这一年的科举考试，本来掌握在秦桧手中。考官内定的状元，是秦桧的孙子秦埙。若不是宋高宗亲自干预，张孝祥的状元恐怕就要被奸人取代了。他的文采飞扬、意气风发，令宋高宗赞声不已。

就这样，张孝祥成为被宋高宗亲自擢取的新科状元，这便意味着张孝祥的面前有着大好的前途，多少达官显贵都争相要把他拉入自己的阵营，又有多少人想让这个尚未婚配的翩翩才子成为自己的乘龙快婿。

张孝祥从未想过，自己有生之年竟然要经历一次在大殿之上被人求婚的窘境。那一日主动请婚的，是户部侍郎曹咏。曹咏出身武职，因为与秦桧交情匪浅，才得以擢升。户部是个掌管钱粮的肥差，多少人围绕在曹咏身边阿谀奉承，想要与他攀上关系。

曹咏以为，自己当着皇帝和文武百官的面向张孝祥攀亲，给了他十足的面子，然而，张孝祥却以沉默作为对曹咏的回应。

自从入朝为官，张孝祥便站在了主战派的一方，对以秦桧为首的主和派十分瞧不起（张孝祥曾上书为岳飞喊冤，并主张对金国用兵，因此得罪秦桧）。他深知曹咏是借请婚的举动拉拢自己，却不好当众驳他的面子，只能沉默不语。

除了政治立场不同，张孝祥拒绝与曹家联姻还有另一个更重要的原因，就是他早已有了心上人。虽然张孝祥的确未曾婚配，但在十六岁那一年，他便与一名李姓女子情投意合，相知相许，李氏也早已为张孝祥生下一子，名叫张同之。

除了家人，没人知道张孝祥还有一段埋得如此深的爱情。原本他打算金榜题名之后，就筹划两人的婚事，给李氏一个名分，曹咏再朝堂上请求皇上赐婚的事，彻底打乱了张孝祥的计划。

因为请婚遭拒，曹咏对张孝祥怀恨在心。再加上张孝祥"夺走"了秦桧孙子的状元，秦桧与曹咏联合起来想要整治一下这个初入仕途的毛头小子。他们指使党羽诬告张孝祥的父亲张祁杀嫂谋反，将张祁投入监狱，百般折磨，张孝祥也因此遭受牵连。

与李氏成婚的事情，不得不因此而作罢。宋代崇尚理学，提倡慎独、克己复礼，若是人们知道张孝祥竟然有一名私生子，一定会再对其进行弹劾。父亲已经遭受牢狱之灾，此举无异于火上浇油，自己的前途很可能会因此断送。其实，张孝祥在意的不是自己的前程，而是不甘心眼睁睁看着秦桧为首的主和派将朝廷搞得乌烟瘴气。

国家与亲情的双重重担，让张孝祥不得不做出一个痛苦万分的违心选择。他决定将李氏母子送走，接受长辈的安排迎娶表妹时氏。

张孝祥与李氏，相逢于最锦瑟的年华，他们的爱情虽不被看好，却被二人妥帖地呵护，小心翼翼地藏于内心深处，生怕引起他人的注意。张孝祥将自己的决定告诉李氏时，内心是滴血的，十年的情感，一朝分离，他可以想象，李氏心中的痛，不会比自己少半分。

"送归云去雁，淡寒采满西楼"，词的开篇便描绘了一场离别时的萧瑟秋景。南飞的大雁在云中归去，就仿佛即将南行的李氏，离张孝祥越来越远，他却只能眼睁睁地目送，无力挽留。

张孝祥伫立于溪楼上，望着满眼秋色，感受到浓烈的寒意。初秋虽凉，寒意却不浓，张孝祥的寒意却来自心底。

"正佩解湘腰，钗孤楚鬓，鸾鉴分收"，一连三个动作，个个都代表着分离。得知十年恩爱不得不以分别告终，李氏没有哭闹，只是默默地垂泪认命。

她轻轻地解下腰间的佩玉，留给张孝祥，作为临别的信物；又将头上的金钗摘下，将两股分开，一股留给张孝祥，一股留给自己；一面绘有鸾鸟图案的铜镜，是李氏日常梳妆时所用，她将铜镜一分为二，自己与张孝祥各自保留一半，期盼有朝一日能破镜重圆。

"凝情望行处路，但疏烟远树织离忧。只有楼前流水，伴人清泪常流"，李氏还不曾远离，张孝祥就已经想象到失去李氏之后的凄凉。他静默地站立在原地，凝望着李氏即将远去的方向，那漫漫长路竟是如此孤独，唯有淡淡疏烟与树影笼罩。

一个"织"字，写尽了眼前的烟影交错，看似是静态的场景，却因烟影的出现而动了起来。那散不去的疏烟，如同张孝祥心中的离愁，挥之不去，让人不忍触碰。

他恨自己无力挽留深爱的女子，只能默默地站在楼前面对那长流的溪水，独自品尝悲伤、孤独的滋味。从今后，无论是喜是悲，都再也没有李氏一同分享，唯有那善解人意的流水，能够分享一些自己的哀伤吧。其实，哪里是流水多情，分明是张孝祥的悲伤太浓，赋予了流水生命。

"霜华夜永逼衾裯，唤谁护衣簏。今粉馆重来，芳尘未扫，争见嬉游"，张孝祥已经可以想象出李氏走后，自己将过着怎样孤独寂寞的生活。曾经，每到秋深雾浓之时，李氏总会为他打理好衣服与被衾，从此以后，再也不会有人记得为他做这些事情了。二人曾经一同游玩嬉闹的地方，也终究会布满尘埃，无人清扫，张孝祥也只能从李氏残留在此处的香气中，寻找两人过往的欢愉记忆了。

看似甜蜜的两句词，却句句反衬出爱人离别后的伤心。笑着流泪才最痛，往日的"有"，映衬出今日的"无"，才更能凸显相思之苦。

"情知闷来殢酒。奈回肠、不醉只添愁。脉脉无言竟日，断魂双鹜南州。"借由自己的伤情，张孝祥也能揣度出李氏的伤心。他知道，李氏也和自己一样，正被分离的忧愁而深深困扰，她手中的酒杯，不就正是想要借酒浇愁吗？

世人皆知，举杯消愁愁更愁。酒喝得越多，思念便越是千回百转，折磨人的心绪。李氏即将去往的地方，位于江北的浮山，分别之后，两人将遥遥相隔，纵然彼此挂牵，却再不能厮守。

也正因此，张孝祥才整日不发一言，只呆呆地望着窗外，看着双宿双飞的凫鸟伤身，想象着李氏在南方将过着怎样的生活。

他不知道，如果自己当初没有被皇帝钦点为状元，他与李氏是否就不用忍受别离，是否能幸福地生活在一起？可惜，一切都没有答案，李氏终究还是走了，带着他们年仅十岁的儿子，去往一处道观出家，此生再无归期。

悠然心会，妙处难与君说

洞庭青草，近中秋，更无一点风色。玉鉴琼田三万顷，著我扁舟一叶。素月分辉，明河共影，表里俱澄澈。悠然心会，妙处难与君说。

应念岭海经年，孤光自照，肝肺皆冰雪。短发萧骚襟袖冷，稳泛沧浪空阔。尽挹西江，细斟北斗，万象为宾客。扣舷独啸，不知今夕何夕。

——《念奴娇·过洞庭》

层层叠叠的心事，隔着万水千山。尘缘如同丝线，剪不断，理还乱。种种滋味，唯有自己才能体会。不知是谁牵引着命运，让人走不出逆境，更填不上心中的空白。

自从送走李氏母子，张孝祥就再也不知情为何物。他与表妹时氏之间并无情爱可言，成婚之后，两人过着平淡的生活，没过多久，时氏便卒于临安，张孝祥只为时氏撰写了三篇简短的悼文，此后，在他的诗词中从未出现过有关时氏的只字片语。

然而，他与李氏的前缘，终究是无法再续了。张孝祥的爱情，注定要有大片留白，他此后的人生，只专心于仕途沉浮，他为情所写的诗词，都变成一纸荒芜。

在为官的最初五年里，张孝祥接连升迁，官至中书舍人，为皇帝执笔代言，颇受信任。朝中官员大多嫉妒张孝祥升迁太快，终于，汪彻一纸弹劾，将张孝祥拉下云端，丢掉官职的他，在芜湖足足赋闲了两年多的时间。

虽无官职在身，张孝祥却时刻关注着时局的变化。金人步步紧逼，他向朝廷献出抗金计策，又给朝中几名大将写去书信，陈述自己的战略。不久之后，张孝祥的好友，也是与他同年进士的虞允文在采石矶大败金兵，南宋王朝终于获得了暂时的安稳。张孝祥得知以后激动万分，多希望自己也能建功立业，报效朝廷。

张孝祥赋闲两年半以后，再次踏上仕途，先是担任抚州知州，再迁任平江知府，没过多久，宋孝宗即位，张孝祥再次升至中书舍人。不过，不久国家因为战事失利，主战派在朝中遭到打击，张孝祥再次遭贬。

官职虽屡次变迁，张孝祥主张抗击金人的决心不变。乾道元年（公元1165年），张孝祥出任静江（广西桂林）知府，一年后，再次遭贬。从静江北归途径洞庭湖，张孝祥触景生情，这便写下这阕《念奴娇·过洞庭》。

"洞庭青草，近中秋，更无一点风色"，开篇便点出了时间与地点。临近中秋时节，正是秋高气爽之时，洞庭湖也呈现出一派静谧的秋景。向来古人写诗词，只写风的方向与强弱，却很少有人描写"风色"。

风既无味，也无色，张孝祥眼中的风，究竟是什么颜色？其实，词人并非想要描述风的颜色，而是借风来描绘洞庭湖上水波不兴的平静景色。湖面之上，万里无云，风平浪静，多么富有诗意的场景，或许只有这样的美景，才聊以慰藉刚刚被罢免官职的张孝祥的心情。

"玉鉴琼田三万顷，著我扁舟一叶"，月到中秋分外明，秋月之下的湖水浩浩汤汤，一碧万顷，清澈澄净，如同美玉般的琼田。如此良辰美景，乘一叶扁舟徜徉其中，该是怎样一番惬意的心境！

"素月分辉，明河共影，表里俱澄澈"，那是张孝祥眼中的月光与湖水的交融，明月把自己的光辉分给了湖水，湖水倒映着天上的银河。一句"表里俱澄澈"，点出了精髓，秋月与秋水，美在同样澄澈，没有丝毫的浑浊与污染，那样清澈透明，倒映着湖面小舟上的张孝祥，一个如同秋月与秋水般光明磊落的坦荡之人，清明澄澈，本就是张孝祥做人的准则。

"悠然心会，妙处难与君说"，内心与外界同样的澄澈，那是一种天人合一的美妙之感，更是人生美好的最高境界。若不是身在其中，便无法用言语对他人形容。此处，张孝祥分明是一语双关，难与他人言说的，又何止眼前的美好，更有自己这些年为官的坎坷经历，以及自己心中的真实想法。

从词的下片开始，便是张孝祥那些"难与君说"的内容。"应念岭海经年，孤光自照，肝肺皆冰雪"，澄澈的洞庭湖，让张孝祥回想起自己在岭南这一年的官宦生涯，以及因谗言被免官的经历，自然一番感慨袭上心头。"孤光自照"，说的既是月光孤独地挂在天空，又是说自己从不曾被别人理解，也无需他人理解。只愿与孤月做伴，让清冷的月光照耀自己便好。

月光是皎洁的，冰雪是洁白晶莹的，王昌龄说："一片冰心在玉壶"，张孝祥说："肝肺皆冰雪。"即便因谗言被免职，他的内心依然是干净的，自问行事光明磊落，问心无愧。他此处既有失望，也有愤慨，更有掩饰不住的自豪之情。

"短发萧骚襟袖冷，稳泛沧浪空阔"，月夜清冷，衣衫单薄，独自泛舟湖上，凉意顿生。其实，让张孝祥感觉到凉意的，并非湖面的凄冷，而是官场上的冷酷无情。只不过，张孝祥自问也是一个拿得起放得下的人，虽然人生苦短，令人心酸，但自己依然能坚持正道，又令自己稍感安慰。

任凭官场风浪迭起，他依然稳坐钓鱼船，就像此时平稳地徜徉在无边无际的洞庭湖面上。这便是张孝祥的个性，波澜不兴，宠辱不惊。

"尽挹西江，细斟北斗，万象为宾客"，一句，表明了张孝祥的心胸开阔，更将整阕词推向了高潮。北斗如同一把舀酒的长勺，那洞庭湖西侧的长江之水呢，就宛若上好的美酒佳酿。他要请来天地万物作为宾客，以北斗为勺，舀尽江水做酒，招待天地万物。这是何等的气魄与胸襟，虽被贬却不自哀。

"扣舷独啸，不知今夕何夕"，他敲击着船舷，仰天长啸，一腔豪情借此抒发。管它今夕何夕，这月白无风之夜早已让人忘情。孤单的旅客，与大自然交融到一处，任世事变迁，他自宠辱不惊，看庭前花开花落。

经过十几年的宦海浮沉，张孝祥并没有实现志向，离开官场的那一刻，他的心情是复杂的，但好在他为官期间政绩卓著，足以自慰，他曾身先士卒，单枪匹马与乱兵对峙，平定叛乱；也曾惩治奸商，用收缴的粮食赈济灾民；建康水灾，他专心治理水患，使"狱事清静，庭无留滞"。

张孝祥不曾负国家，若说他此生尚有遗憾，那就是李氏母子，痛失真爱，他宁愿孑然一身。

第四章

南宋后期

姜夔 | 词曲全才与合肥的两姐妹

旧时月色

　　辛亥之冬，余载雪诣石湖。止既月，授简索句，且征新声，作此两曲，石湖把玩不已，使二妓隶习之，音节谐婉，乃名之曰：《暗香》《疏影》。

　　旧时月色。算几番照我，梅边吹笛。唤起玉人，不管清寒与攀摘。何逊而今渐老，都忘却春风词笔。但怪得、竹外疏花，香冷入瑶席。

　　江国。正寂寂，叹寄与路遥，夜雪初积。翠尊易泣，红萼无言耿相忆。长记曾携手处，千树压、西湖寒碧。又片片、吹尽也，几时见得。

　　　　　　　　　　　　　　　　　——《暗香》（旧时月色）

　　旧时月色总是迷人，只因月色下的故事，更加迷人。

　　在古代，读书人大多抱着达则兼济天下的理想，通过仕途之路，为国家贡献力量，他们往往与时代同行，一些锦绣文章也诞生于他们的笔端，给后人留下巨大的精神财富。

　　但每个时代都有例外，琳琅满目的文学园林里，总有人耸立在枝头上，许多与仕途毫无瓜葛的民间文人往往登上了文学的殿堂，与通过仕途之路的士大夫相得益彰。南宋词人姜夔就是这样一位民间词人。

　　姜夔少年丧母，青年丧父，一生穷困清贫，他一生未步入仕途，经过数次科举考试，但都名落孙山，不像柳永，晚年还做过小官。姜夔是彻彻底底的草根文学家。

　　这位又穷又无官的落魄文人却文采斐然，而且书法、音乐都是样样精通并达到了精湛的地步。

这首《暗香》（旧时月色）写成时，词人刚过弱冠之年，在经历父亲去世后，词人跟随姐姐生活过一段时间，后来便走上了客居他处的奔波道路。

词人二十一岁的那一年，桃花运向他扑来。那一次，他来到了合肥，晚上寄居在城南一家客栈里，客栈里清幽无比，一轮圆月高高悬挂在上空，风中传来阵阵幽香。

夜渐渐深沉，姜夔却全无睡意，他用这个静谧的时刻为自己新作的词谱曲。他打开窗户，将一叠纸摆在桌上，开始凝想。

一阵婉转的琴声打断了他的凝想。那琴声像夜莺缓缓低诉，在这个寂静的夜晚，显得凄凉。姜夔是精通音乐的，他听出了琴声里透露出来的低沉。顺着琴声，他往外探去，原来就在他居室的对面，一个小小的阁楼上的，依稀看到有人在弹奏。忽然的惊鸿一瞥，让他诧异，世间竟然有如此美貌的女子。

那一夜，姜夔失眠了。从前孑然一身，只是为了生计而奔波，竟然不知道自己内心在渴慕爱情。这两个女子来自哪里？到了明天，这两个女子是否会马上离去，从此不再能见到？他夜不能寐，想着无数的接近女子的办法。

那一夜，姜夔想到了自己的经历。他没有雄厚的资金，没有功名，唯有一些肝胆相照的朋友，他的朋友都是过命之交，萧德藻见他文采好，虽然很贫穷，但情愿让侄女嫁给他。张鉴面对他的科考失败，比他还着急，想为他托门路，但姜夔不愿意走后门，宁愿过贫穷的生活也不愿意靠不光彩手段步入仕途。所以他还是个贫穷的人，而他的贫穷让他在两位女子面前要自惭形秽了。

第二天，姜夔得意起来，他想到办法了。清晨，他打扮一番，便拿着笛子，走到两位女子所在的阁楼下吹奏起来，两位女子悄悄从阁楼上探出头来，姜夔佯装看不到，继续吹奏，一曲吹完，便摆出桌子放在空旷之地，做出磨墨的样子，手在磨墨，但眼睛却盯着阁楼。

过了一会儿，两位女子缓缓而至，向姜夔走近，并与他攀谈起来。就这样，姜夔和两位女子一见如故，成为好友。接下来的几个月，三人一起研讨诗词和音律，一起游玩，度过了一段曼妙时光。

然而，天下无不散的宴席，他们最终还要分离。分离的那一天，三人都很低落，姜夔鼓起勇气对两位女子承诺，待他功成名就，一定会回来。

多年后，姜夔再次寻找她们，发现已经人去楼空，后来又听说了两位女子已经香消玉殒。

词的开场白介绍了这首词的来源，是受石湖居士也就是范成大邀请而作（姜夔的好友范成大当时退隐在苏州南面的石湖，所以自称石湖居士），范成大看后相当满意，并让歌女吟唱。

"旧时月色。算几番照我，梅边吹笛。唤起玉人，不管清寒与攀摘"，词人回忆了过去，那时候经常在皎洁的月光下，对着梅花吹笛子，在那浪漫的夜晚，笛声总是吸引和唤来佳人，不顾天气寒冷，跟着词人一起折梅花。

"何逊而今渐老，都忘却春风词笔。但怪得、竹外疏花，香冷入瑶席"，词人回忆了美好的过去，便要叹息当下，现在自己像何逊一样渐渐衰老，如春风般的辞采和文笔，全都已经忘记了。但是词人很惊奇，竹林外还有稀疏的梅花，它们将清冷的幽香飘散到宴席上。词人在这里用了何逊的典故，何逊是南朝梁诗人，写有《咏早梅》诗。

"江国。正寂寂，叹寄与路遥，夜雪初积。翠尊易泣，红萼无言耿相忆"，此刻的江南，正是一片寂静，想起了往事的词人很想折枝梅花寄托相思情意，可是路途漫漫，积雪又遮断了大地。前方好像山穷水尽，只好把哀怨寄托在酒上，但是手捧起翠玉酒杯，伤心的泪情不自禁地流下来，面对着红梅默默无语。当年一起折梅的美人便浮上脑海里。

"长记曾携手处，千树压、西湖寒碧。又片片、吹尽也，几时见得"，时光过去这么久了，但总是忘不了当年曾经携着佳人的手一起游赏，千株梅林压满红梅，西湖上泛着一片澄碧的寒波。此刻的梅林的梅花被风吹落，何时才能重见梅花的美丽，何时才能再见到佳人？

在范成大的家中赴宴，除了这首《暗香》（旧时月色），姜夔还一口气作了《疏影》（苔枝缀玉），里面依旧是表达了对"合肥双燕"的回忆。词的上阕写道："客里相逢，篱角黄昏，无言自倚修竹。昭君不惯胡沙远，但暗忆、江南江北。"词人用了四大美女之一的王昭君的典故。词人回忆在客居的时候遇到柳萧萧姐妹，此刻看到小鸟就像姐妹两人在夕阳中在篱笆前，默默孤独。就像王昭君在匈奴那里不习惯，一直思念着家乡。

下阕中"还教一片随波去，又却怨、玉龙哀曲。等恁时、重觅幽香，已入小窗横幅"，往日的佳人像梅花花瓣一样一片片飘去，当再寻找梅花的幽香，所能见到的只有一枝梅花独立了。

范成大非常喜欢姜夔这两首即兴而作的词，姜夔内心的忧虑借着酒气，借着好朋友的关爱，倾诉不能自己，席间造就了如此的千古绝唱。那一刻，他一定想让柳萧萧两位佳人做最好的听众，但他只是透过歌女的琴声把相思的情怀投入到另一个世界。那一刻，他一定是借着酒狂笑，借着酒大哭，借着酒望向窗外，看院子里的梅花像是佳人的泪珠，脑海中的佳人面庞又变成梅花。

半年的精彩生活成了姜夔抹不去的记忆。然而，假如姜夔和这对姐妹真的成了伴侣，生活未必和思念一样唯美。古往今来的红尘男女，总认为得不到的是如此完美，其实，看似完美的未必合适自己。或许真走在一起，满眼中会出现对方的缺点，而最终没有走到一起，才会酝酿美丽的诗意。

夜长争得薄情知

自沔东来，丁未元日，至金陵江上，感梦而作。

燕燕轻盈，莺莺娇软。分明又向华胥见。夜长争得薄情知，春初早被相思染。

别后书辞，别时针线。离魂暗逐郎行远。淮南皓月冷千山，冥冥归去无人管。

——《踏莎行》（燕燕轻盈）

思念本是五味俱全的，但当思念遇到遗憾，五味便只剩下了苦涩，咽下口去，却是欲哭无泪。

姜夔的性格中带着痴，是一个典型的痴情种子。他从二十一岁见过了柳萧萧姐妹俩，一生便为两个女子魂不守舍。认识后并一起游玩接近半年时间，这段时间是姜夔整个一生最重要，最值得记忆的时光。

如果不是痴，不会在这次偶然的相遇后的十年，二十年，甚至终生都不曾忘怀。

姜夔离开后，两位女子继续生活在合肥，还是以卖唱为生，她们的生活过得还是那么清贫，她们无时无刻不在思念姜夔，天天盼望着姜夔马上回到身边。这样的念头，未曾消减，直到有一天金兵的铁蹄踏来。

那一天，两姐妹在街头卖唱，街上忽然传来马蹄声，接着一片混乱，很多人都纷纷逃离。两姐妹定眼一看，是金兵疯狂地攻城。当金兵的铁骑走过了两姐妹之间，看到了她们的美貌，便要强行拖走两人……

她们的衣服被撕裂得不成样子，但依然刚烈，柳萧萧趁机拉着妹妹，她们费劲力气向当年和姜夔分别的桥边逃去。当金兵还没赶来时候，两位女子望着桥下的江水，想起了三年前和姜夔分别的场景。

金兵距离两女的身子还有一步之遥，这一双姐妹一起向江内跃去。江边泛起浪花，接着归于平静。

令柳萧萧姐妹始终不能忘怀的姜夔这几年一直在从军，为了更好地抗击金兵，姜夔最终投军。这一天，姜夔所在的军队收复了合肥，到了合肥，姜夔百感交集，心中惦记着柳萧萧姐妹，已经三年多了，她们不知道过得还好吗？

有一天，姜夔来寻找柳萧萧姐妹，又独自一人来到了当年所居住的客栈，客栈已经面目全非，早已经因为金兵的蹂躏成为一片废墟。阁楼虽然还在，但里面空无一人。姜夔开始逢人就打听柳萧萧姐妹，却一直没有消息，他忽然陷入哀伤。

"韦郎去也，怎忘得、玉环分付。第一是、早早归来，怕红萼无人为主"，那一刻，姜夔仿佛丢了魂一样，写下了一首《长亭怨慢》（渐吹尽）。难忘离别前的叮嘱，记得早日归来，否则红萼将孤独。如今，姜夔归来了，但已经太迟了。

功夫不负有心人，姜夔终于费尽周折打听到柳萧萧的消息，但听到的竟然是噩耗，两位女子不堪金兵的凌辱，已经投河自尽。三年来一直为两姐妹而活着，今天听到这样的消息，一下感觉生活无助，三年的梦想化作了泡影。那一刻，姜夔悔恨，悔恨不早日来看望柳萧萧姐妹。

这样的悔恨，这样的遗憾，这样的思念，贯穿了姜夔此后的人生。

在事情过去十多年后，姜夔对两姐妹的思念还是斩不断。那是一个正月初一里辞旧迎新的日子，普通人家想的是过年的喜悦，但姜夔却连这样的日子也要把精力放在对两位女子的回忆里，因为这段感情对他而言，太深刻了。

姜夔做了一个梦，梦里又见到了柳萧萧姐妹。当他醒来的时候，猛然发现刚才原是一个梦，两姐妹已经无法触及，更加悲从中来。

"自沔东来，丁未元日至金陵，江上感梦而作"，词人那时候旅居沔东，在丁未年的正月初一做了见到两姐妹的梦。

"燕燕轻盈，莺莺娇软。分明又向华胥见"，梦中的两位女子如同燕燕莺莺，如此可爱，十年前的偶遇情况泛上心头。在梦里，她们的模样那么清晰。

"夜长争得薄情知？春初早被相思染"，梦里，两位女子抱怨姜夔太薄情，总是不来看望她们，不顾她们长久的相思，不顾她们在春天的好时节里寂寞的状态。

"别后书辞，别时针线。离魂暗逐郎行远"，但词人在梦中和两位女子表达承诺，不断解释，他始终没有忘记她们，分别后，她们的书信都保存着，总是不断拿出来重温，分别时候，她们缝制的衣服总是时刻穿着。

"淮南皓月冷千山，冥冥归去无人管"，淮南的寒月，千山都是寂静的，如此荒凉的场景下，两位女子在远山深处孤苦伶仃。不仅是梦中孤独，即便在现实中，词人感觉她们还活着，活在一个凄凉无人关怀的地方。这正是情到深处的痴语。

　　梦中相见，没有什么豪言壮语，仅仅是小鸟依人般的抱怨，仅仅是以书信和衣着来表达想念，贴切自然感人。

　　著名诗人席慕蓉在诗歌《无怨的青春》里写道："在年轻的时候，如果你爱上了一个人，请你，请你一定要温柔地对待他。不管你们相爱的时间有多长或多短，若你们能始终温柔地相待，那么，所有的时刻都将是一种无瑕的美丽。若不得不分离，也要好好地说声再见，也要在心里存着感谢，感谢他给了你一份记忆。长大了以后，你才会知道，在蓦然回首的刹那，没有怨恨的青春才会了无遗憾，如山冈上那轮静静的满月。"

　　"若不得不分离，也要好好地说声再见，也要在心里存着感谢，感谢他给了你一份记忆"。古今之人，情意总是延续着，席慕蓉因为自己的爱情产生了如此的感悟。无论是八百年前的姜夔，还是当代的席慕蓉，或者是千千万万个不知名的朋友，许多人的心中往往都有一段刻骨铭心的爱情往事，于是，应该转转头，忘却的该是不快，让心中沉淀下满满的感激。

人间别久不成悲

　　肥水东流无尽期。当初不合种相思。梦中未比丹青见，暗里忽惊山鸟啼。

　　春未绿，鬓先丝。人间别久不成悲。谁教岁岁红莲夜，两处沉吟各自知。

——《鹧鸪天·元夕有所梦》

　　回忆一场永远无法倒流的时光，点数一场永远无法扭转的东流水，泪已成殇，不如轻轻放下，活出洒脱。

　　姜夔在四十多岁的时候，对二十年前的柳萧萧姐妹仍然难以忘怀，而每年的节日更是生活在思念的苦痛里。

　　这一年的正月十五，新年的第一个月圆夜，他又怀念起姐妹两人。古代的正月十五等佳节，男女相伴总是一个不变的主题，所以姜夔看到其他男女相伴游玩，更加思念起昔日的两姐妹来。

　　在古代，人们过了不惑之年，往往自视为老者，苏轼写"老夫聊发少年狂"时正是四十多岁，姜夔写这首《鹧鸪天·元夕有所梦》时也是四十多岁，但当时两鬓斑白，的确像老者。

　　因为怀念而入梦，一种折磨，又隐藏着一种甜蜜。柳萧萧姐妹是不幸的，她们结束了自己的生命，把一切遗憾都留给了多情的姜夔，然而，她们以永远青春的面貌定格在姜夔的心里，所以她们在姜夔的梦里永远是不老的。

　　"肥水东流无尽期。当初不合种相思"，肥水一个劲地向东而流，根本没有停止的时候，这本是自然现象，但在词人看来，流水就像自己的愁一样，不知什么时候是个头。而这一切都是多情的结果，当初真不该产生感情。

　　"梦中未比丹青见，暗里忽惊山鸟啼"，词人的梦里经常见到昔日的佳人，但毕竟是梦，总是看不清，但有时候连看不清的梦也做不成，总是经常被鸟的叫声吵醒。

　　"春未绿，鬓先丝。人间别久不成悲"，春草还没有变绿，自己的两鬓已有了银丝，已经分离太久了，随着时间的推移，一切伤痛和怀念都淡了。

　　"谁教岁岁红莲夜，两处沉吟各自知"，词人当时四十多岁，因为思念柳萧萧姐妹而有了白发，本该随时间淡忘，然而怎么也忘不了，尤其是红莲夜（有花灯的元夕夜），这种感情更是强烈。这种感觉只有自己和被思念的人明白。

姜夔写过的关于情爱的词几乎都是追忆柳萧萧姐妹，如《凄凉犯》（绿杨巷陌秋风起）中"追念西湖上，小舫携歌，晚花行乐。旧游在否"，再如《江梅引》中"人间离别易多时，见梅枝，忽相思"。

姜夔的这段感情属于初恋，他在认识柳萧萧姐妹时，尚未娶妻，后来，父亲的好友，诗人萧德藻因为赏识他的才华，把侄女嫁给他。

萧氏与姜夔共度一生，但姜夔对她的感情不算深厚，姜夔年轻时意外遇到柳萧萧姐妹，对这段得不到的爱却惦念了一生。

此外，当姜夔在范成大的家中作词《暗香》《疏影》，范成大曾找歌女吟唱，那个歌女叫小红，后来范成大把她送给了姜夔。姜夔的词中也有小红的影子，但为数不多，他对小红的感情也不如柳萧萧姐妹深厚。

当初不合种相思，这种心境恰恰说明，现在也难以割舍，也说明词人真的已经伤心欲绝，想办法从相思中把情绪转移出来，而自从这首《鹧鸪天·元夕有所梦》后，姜夔从此很少再提及柳萧萧姐妹了。或许是害怕再提及引发伤感，或许是真的放下了。

姜夔一生贫困，死时也是客死旅途，他弥留的那一刻，脑海里不知想的可是柳萧萧姐妹。

梦中未比丹青见，暗里忽惊山鸟啼。姜夔用后半生不断编织着一个个相似而苦涩的梦，梦里喜忧参半，清醒来却万念俱灰。

借梦安慰相思，借酒安慰相思，都只是图一时的麻醉，而这一次次的麻醉只会让内心更加悲苦。

柳萧萧姐妹都已去世多年，姜夔的相思只是一场绝对没有结果的游戏而已。

在人类的感情世界里，这种绝对没有结果的游戏数不胜数，个中滋味一言难尽。许多人面对这样的游戏，总是借酒消愁，希望在梦中演绎美满，然而一切都是徒劳的。

而走出阴霾，真正的办法是放下。

吴文英 | 朦胧派大师与他的歌女们

十年一梦凄凉

柳暝河桥，莺晴台苑，短策频惹春香。当时夜泊，温柔便入深乡。词韵窄，酒杯长。翦蜡花，壶箭催忙。共追游处，凌波翠陌，连棹横塘。

十年一梦凄凉。似西湖燕去，吴馆巢荒。重来万感，依前唤酒银罂。溪雨急，岸花狂。趁残鸦，飞过苍茫。故人楼上，凭谁指与，芳草斜阳。

——《夜合花·自鹤江入京泊葑门外有感》

哲人说，人一生的快乐和痛苦是相等的，可是人总感觉痛苦十之八九，那是因为人太在意痛苦了。人，因为回忆而伤感、迷失、疯癫。

南宋时期的词人，成就最高的自然是李清照，其次当属辛弃疾，然后是姜夔和朦胧派词人吴文英。

姜夔和吴文英几乎齐名，两人年龄差距有近三十岁，但两人有许多共同点。吴文英和姜夔都是一辈子未步入仕途，不过吴文英好些，做过达官显贵者的幕僚；两人都在音乐方面有很深的造诣，他们的词中也呈现出音乐美；两人都有资源丰富的交友圈。

在个人感情方面，两人稍微不同，姜夔一生仅仅对柳萧萧姐妹念念不忘，但吴文英怀念的女子至少和两段情感有关。

吴文英做过多年幕僚，他既然能从事这个职业，可以说明，他的性格是活跃的，而由于职业的缘故，他能接近更多上层人士。而宋理宗时期著名的奸臣贾似道也曾经与吴文英有很深的交往。吴文英曾为贾似道写过词，所以被后人所指责，认为他与奸臣为伍。至于吴文英结交贾似道，或许只是交友广泛所致，或许只是为了文学的需要，或许是为了攀大树，到底是什么原因，后人总是说不清道不明的。

吴文英一生的主要活动地点是江南苏杭一带，晚年多居住越州（今浙江绍兴）。自古苏杭有人间天堂之称，这里也有着容易发生绮丽爱情的土壤。

留在吴文英词中的女子也正是来自苏杭。

在美丽的苏州，有这样一位歌女，长得如花似玉，又唱得一首好曲子。她的歌声让钱塘江为之倾倒。

这一天，身为幕僚的吴文英因应酬来到了苏州某地，那时正是春天，一个令人心旷神怡的季节。

吴文英与朋友在距离钱塘江不远的小凉亭子里喝着酒。只有酒没有美人做伴是不美的，朋友一击掌，几个歌女缓缓而至，都抱着琵琶，开始弹唱。一个身影映入眼帘，让吴文英心中一颤。

当歌舞到了尾声，吴文英不由自主地站立起来，缓缓地走向那位歌女，向那个歌女嘘寒问暖，竟然同情起那个歌女来。

其后的日子里，吴文英经常与歌女相约，两人渐渐熟悉，歌女因为生活所迫而落入风尘，吴文英内心深处竟然想让这歌女脱离这样的生活。

终于有一天，吴文英提出要帮助歌女脱离风尘生活，让她做他的妾，终生和他在一起，歌女被他的感情深深打动，终于答应了吴文英的要求。

吴文英不是仕途中人，丝毫不在意对方是歌女的身份。后来，两人一起游玩，恩爱地生活在一起，歌女为吴文英生下两个孩子。词人曾在多首词作中记载与歌女的幸福生活，如《满江红·甲辰岁盘门外寓居过重午》中写道："湘水离魂菰叶怨，扬州无梦铜华阕。倩卧箫、吹裂晚天云，看新月。"

就这样生活了几年，两人却最终分离，具体的分离原因未被历史记载，只是从此又多了一个惆怅的人。

十年的光阴过去，吴文英再次到了苏州，睹物思人，倍感怅然。

"柳暝河桥，莺晴台苑，短策频惹春香"，词人来到了熟悉的桥头，桥的周围都是纷飞的柳絮，在那清净的旧苑上有黄莺在鸣叫，这里曾经是词人多次与她相会的地方，曾经他骑着马带着她游玩。

"当时夜泊，温柔便入深乡。词韵窄，酒杯长，剪蜡花，壶箭催忙"，令词人最难忘的一次，他和她夜泊桥边，很快便进入了温柔之乡。词人想为她写词，却总觉得笨拙，只顾着共同饮酒，一起剪花，和她在一起总感觉时间过得太快。

"共追游处，凌波翠陌，连棹横塘"，词人印象深处还记得共同游玩的地方，在满是青草的路上有她的轻盈脚步，那时候两舟相并着，两人甜蜜地荡漾。

"十年一梦凄凉。似西湖燕去，吴馆巢荒。重来万感，依前唤酒银罂"，已经十年了，回忆过去恍如梦，梦醒后是一片凄凉，就像西湖上燕子飞去，燕巢也荒了。今日又重到斟门（今江苏苏州城东南），像从前一样唤酒品尝。

"溪雨急，岸花狂。趁残鸦，飞过苍茫"，现在当词人路过这里，没有了黄莺的鸣叫，没有了柳絮在桥上摇摆，而是急雨拍打着溪面，岸上的落花在雨中凄凉。如此也罢了，还有几只乌鸦飞向苍茫。

"故人楼上，凭谁指与，芳草斜阳"，风景变得凄凉，当时的佳人也不见了，现在有谁能与自己凭栏远眺，去指点芳草斜阳？

民国时期红颜命薄的作家萧红，她经历了三次不幸的婚姻，她和萧军两人曾经有段甜蜜的往事，在那个风雨如晦的年代，萧军给予了她精神上的慰藉，但两人最终分道扬镳，当萧红弥留之际，心中对萧军的回忆仍然是不断的。或许那一刻，她心中仍在惆怅的询问自己，"凭谁指与，芳草斜阳"。

回忆许多时候是凄凉的，因为人们记忆的都是往事的甜蜜，在意当今的失意。然而，人无法掌控过往的悲痛，仍然可以创造更美好的未来，来忘却该忘却的。

愁结伤春深处

新烟初试花如梦，疑收楚峰残雨。茂苑人归，秦楼燕宿，同惜天涯为旅。游情最苦。早柔绿迷津，乱莎荒圃。数树梨花，晚风吹堕半汀鹭。

流红江上去远，翠尊曾共醉，云外别墅。澹月秋千，幽香巷陌，愁结伤春深处。听歌看舞。驻不得当时，柳蛮樱素。睡起恹恹，洞箫谁院宇。

——《齐天乐》（新烟初试花如梦）

游子思念家乡，不是思念家中的一砖一瓦，而是思念爱的温存。爱情，值得回忆，不是奢求把时光留住，而是期待时时刻刻与佳人相伴。生命在爱中产生交集，灵魂为之出窍，时过境迁，是否在意那转瞬的深邃？

苏州，无论古代还是当今都是一个令人流连忘返的城市。对于八百年前的吴文英来说，是一个充满回味和遗憾伤感的地方，吴江的连绵之水，也是自己徒增伤感的理由。

词人去苏州多次，除了第一次认识歌女，其后途径或到达苏州，留下的满是沉甸甸的凄凉之意。那个和自己生活过的苏州歌女，后来不知什么原因和词人分离，令词人每次回忆往事，都是心中凄凉的。词人为这位不知名的苏州歌女泼洒过不少笔墨。

其中一首很著名的是《瑞鹤仙》："晴丝牵绪乱。对沧江斜日，花飞人远。垂杨暗吴苑。正旗亭烟冷，河桥风暖。兰情蕙盼。惹相思、春根酒畔。又争知、吟骨萦消，渐把旧衫重剪。凄断。流红千浪，缺月孤楼，总难留燕。歌尘凝扇。待凭信、拌分钿。试挑灯欲写，还依不妨，笺幅偷和泪卷。寄残云、剩雨蓬莱，也应梦见。"

缺月孤楼，总难留燕。相传唐朝节度使张愔去世，他的小妾不改嫁，独守空闱十多年。词人的心也随着感动，愿意为苏州歌女独守，只是"沧江斜日，花飞人远"。

另有一首《琐窗寒·玉兰》："绀缕堆云，清腮润玉，汜人初见。蛮腥未洗，海客一怀凄婉。渺征槎、去乘阆风，占香上国幽心展。遗芳掩色，真恣凝澹，返魂骚畹。一盼。千金换。又笑伴鸥夷，共归吴苑。离烟恨水，梦杳南天秋晚。比来时、瘦肌更销，冷薰沁骨悲乡远。最伤情、送客咸阳，佩结西风怨。"（"汜人初见"前少一字，已不可考，据上下意思，疑为"想"字。）

因为痴情，所以才敢说"一盼。千金换"。如果能重新得到她的回眸一笑，宁愿抛弃千金，但现在这样的愿望已经不能实现。"笑伴鸥夷，共归吴苑"，如同当年的范蠡与西施共同游湖，自己和苏州歌女也有这样浪漫的生活，只是都被尘封在历史中了。

人到中年的吴文英再次到了苏州，感受到苏州还是依旧，只是自己的心境因为歌女已经变得疮痍。

"新烟初试花如梦，疑收楚峰残雨"，如今已经到了暮春时节，词人此刻正游历苏州，竟然感受到清明时节雨纷纷，而所有的景象都让词人想起佳人。

"茂苑人归，秦楼燕宿，同惜天涯为旅"，当年，词人为了生活奔波，当有一次在烟花之所偶然认识了佳人，两人都是为了生计而奔波，真是似曾相识，于是相互安慰，互相怜悯。

"游情最苦。早柔绿迷津，乱莎荒圃。数树梨花，晚风吹堕半汀鹭"，词人一生很多时候都在外漂泊，比其他人更加感受到"游情最苦"。

这个时候，故乡的渡口，应该被浓绿丛掩盖了，家中荒芜的园子，杂草丛生。园子里面的梨树，没人看顾，应该都开满白花了，河滩上的白鹭，应该都随着风而飞去了。词人希望回家，希望和她一起共建一个家园，这样的感觉，在羁旅中最为强烈。

"流红江上去远，翠尊曾共醉，云外别墅"，这个暮春时节令词人想起数年前，同样也是暮春，但不是感受到想家的悲哀，而是欢快的，因为有佳人陪伴着，那时候两人一起举杯共饮，多么惬意。

"澹月秋千，幽香巷陌，愁结伤春深处"，如今回到这里，发现她当年游玩的秋千架还在，就这样静悄悄地感受着朦胧的月光，但是却不见了秋千架上的倩影。仔细地闻着，仿佛闻到了她身体内发出的幽香，可是定眼看去，根本没有她的任何影子。在这个暮春时节，本来就是让人悲凉的，想起了她的一切却见不到她，更加增添了伤感的情思。

"听歌看舞。驻不得当时，柳蛮樱素"，词人自从遇到了她，满脑子都是她的一切，以至于每次再看到其他女子，听到其他女子歌唱，总是想到了她（柳蛮樱素为唐朝诗人白居易的两位侍妾，词人在此比喻心爱的苏州歌女）。

"睡起恹恹，洞箫谁院宇"，当自己半睡半醒间从床上起来，不知从哪里听到，仿佛有人在吹着充满哀怨的洞箫，那曲目的悲凉，更让词人无缘无故的增加了更深的忧愁，无法排解。

1926年5月，徐志摩发表了一篇名为《偶然》的诗歌，这首诗是写给自己的红颜知己林徽因的，他以这首诗歌与林徽因共勉，其中透露着豁达，也透露着无奈。

"我是天空里的一片云，偶尔投影在你的波心。你不必讶异，更无须欢喜，在转瞬间消灭了踪影。你我相逢在黑夜的海上，你有你的，我有我的，方向。你记得也好，最好你忘掉，在这交会时互放的光亮"。

许多时候，没有结果的相恋，就是偶然的停放在了对方的波心，本来各有各的方向。如同一个个的浪花，不能汇聚成河，便该微笑地转身而去。

吴文英的念念不忘，现在的恋爱男女也有同样的经历。徐志摩的豁达，对得不到的爱情有一个明确的答案——记得也好，最好是忘掉。

残寒正欺病酒

残寒正欺病酒，掩沉香绣户。燕来晚、飞入西城，似说春事迟暮。画船载、清明过却，晴烟冉冉吴宫树。念羁情、游荡随风，化为轻絮。

十载西湖，傍柳系马，趁娇尘软雾。溯红渐、招入仙溪，锦儿偷寄幽素，倚银屏、春宽梦窄，断红湿、歌纨金缕。暝堤空，轻把斜阳，总还鸥鹭。

幽兰旋老，杜若还生，水乡尚寄旅。别后访、六桥无信，事往花委，瘗玉埋香，几番风雨。长波妒盼，遥山羞黛，渔灯分影春江宿。记当时、短楫桃根渡。青楼仿佛，临分败壁题诗，泪墨惨淡尘土。

危亭望极，草色天涯，叹鬓侵半苎。暗点检、离痕欢唾，尚染鲛绡，蝉凤迷归，破鸾慵舞。殷勤待写，书中长恨，蓝霞辽海沉过雁，漫相思、弹入哀筝柱。伤心千里江南，怨曲重招，断魂在否？

——《莺啼序·春晚感怀》

爱的浓度有多深，没人能说得清楚，但爱到一定深度，便成了痴，说着痴语，寻问断魂，自己也失魂落魄。

前后三百多年的大宋王朝，在文坛上，出现了数不胜数的瑰宝般的词作。而众多词作中，吴文英的《莺啼序·春晚感怀》可谓鹤立鸡群，是整个宋词中字数最多的，类似于叙事诗，在此之前，最长的词当属柳永的《戚氏》，吴文英打破了柳永的记录。

吴文英一生活了六十岁，而这首最长的词作于五十多岁，算是晚年作品。

和吴文英有情感纠葛令他念念不忘的女子至少有两个，一位是苏州歌女，而另一位是杭州歌女。

在词人和苏州歌女分道扬镳后，词人的心中还是念着她的，但是有一天到了杭州，词人本来以为自己的心中已经装不下其他的女子，然而在那人间天堂的杭州西湖边，词人第一次见到了另一个女子，内心又蠢蠢欲动。那一笑的风情，如此动人。

这个杭州歌女也是下层人，和当年的苏州歌女一样，而两人的性情也如此相似，词人心血来潮，又渐渐和她聊得火热，也许是因为苏州歌女的分离让他的内心烦闷，这个懂得风情的杭州女子又给他带来无数的欢乐，于是他在这里重新找到了爱，找到了苏州歌女的影子，找到了温暖，孤寂的内心开始复苏。

然而，好景不长，吴文英不知道老天爷为何总是让自己倒霉，这位杭州歌女和自己走过了几年的风雨后，忽然死去。她的死又让吴文英再次感受到悲凉和无助。这种无助比对苏州歌女的想念还甚。从此，美丽的西湖又成了词人有感而发的伤心之所。

那时候的邂逅成就了美丽，那香消玉殒的悲剧造就了新愁。

"残寒正欺病酒，掩沉香绣户。燕来晚、飞入西城，似说春事迟暮"，又是一个暮春，这个令人伤心的季节，词人再次来到西湖，虽然暮春，但处处透露着寒冷，自己年迈不胜酒力了，这寒冷偏专门欺负自己。因为寒冷，燃起沉香炉，紧紧地掩闭了窗户。迟来的燕子飞进西城，告诉词人春天的风光远去了。

"船载、清明过却，晴烟冉冉吴宫树。念羁情游荡，随风化为轻絮"，词人看到画船上不断有游客游西湖，清明佳节的繁华也过去了，暗烟缭吴国宫殿中的树木上升起来了，词人的心中有千万缕羁思旅情，都随风游荡，化作了柳絮。

"十载西湖，傍柳系马，趁娇尘软雾。溯红渐、招入仙溪，锦儿偷寄幽素，倚银屏、春宽梦窄，断红湿、歌纨金缕。暝堤空，轻把斜阳，总还鸥鹭"，词人一生有十年生活在西湖附近，那时在柳树上系上马匹，追随着芳尘香雾。红花烂漫的堤岸上，进入仙境般的去处。那时候，她叫自己的丫鬟偷偷送来情书，向词人表达着爱意。后来，银屏深处，两人有过很多快乐，但是欢乐的时光总是短促的。她滴着眼泪，沾湿了歌扇和金线刺绣的衣服。夕阳中的西湖美景，全都让给了那些鸥鹭。

"幽兰旋老，杜若还生，水乡尚寄旅。别后访、六桥无信，事往花委，瘗玉埋香，几番风雨"，幽兰已经老了，新的杜若花正散发香气。词人在这水乡漂泊羁旅，分别后曾访过六桥故地，却再也得不到她的任何信息。春花都枯萎了，无情的风雨，埋葬了香花和美玉。

"长波妒盼，遥山羞黛，渔灯分影春江宿"，词人想起了她的明亮的眼睛，连水波都会嫉妒的眼睛，那美丽的秀眉，就连远山都要含羞躲开。曾经两人在画船上一起歌舞游玩。

"记当时、短楫桃根渡，青楼仿佛。临分败壁题诗，泪墨惨淡尘土"，有一次，词人和她不得不分开，于是送别，那一刻仿佛就在昨日。现在重来，她住过的地方还是如初，分手的那一刻，词人曾经在墙壁上写过诗句，但现在已经蒙上了灰土，字迹都变得模糊看不清楚了。一切都物是人非了。

"危亭望极，草色天涯，叹鬓侵半苎。暗点检、离痕欢唾，尚染鲛绡，亸凤迷归，破鸾慵舞"，如今，词人再次登上高高的亭楼。看见芳草如同忧愁一样延续到天边，自己都年过半百，默默地翻阅着旧日的物品，看到她留下的丝帕，上面有离别的眼泪没干，词人悲从中来，感觉自己就像断了翅膀的鸟儿一样，像是孤独的孤鸾懒得飞翔起舞。

"殷勤待写，书中长恨，蓝霞辽海沉过雁，漫相思、弹入哀筝柱。伤心千里江南，怨曲重招，断魂在否"，想把满心的哀伤写成长长的信件，但谁能传达这种相思呢？蓝天下，大海上，唯有鸿雁的身影。最后只能通过哀筝的弦柱表达相思，让它弹奏出心中的忧愁。整个江南千万里，处处都是伤心的地方，只是这一切，她的灵魂是否就守在自己身边，那么词人心中的哀怨和忧伤她能听到吗？

整首词充满了悲凉的语调，故地重游，往事历历在目，但佳人已经死去，永远无法与自己重现当日的情景，看到旧物更是相思，最后的询问更凄凉感人，不知这一切是否被她的灵魂听到，升华了相思的浓密。

爱情在词人笔下总充满了缠绵的味道，词人另外有一首词《三姝媚·过都城旧居有感》："湖山经醉惯。渍春衫，啼痕酒痕无限。又客长安，叹断襟零袂，涴尘谁浣。紫曲门荒，沿败井、风摇青蔓。对语东邻，犹是曾巢，谢堂双燕。春梦人间须断。但怪得、当年梦缘能短。绣屋秦筝，傍海棠偏爱，夜深开宴。舞歇歌沈，花未减、红颜先变。伫久河桥欲去，斜阳泪满。"也是追悼这位杭州女子。

"又客长安，叹断襟零袂，涴尘谁浣"，词人总是善于捕捉生活的镜头，让人感动，自己的衣服再也没有人给缝缝补补了。"春梦人间须断"，人生的欢乐总是苦短，对于词人而言，悲伤的日子总是居多。

在词人书写了这首《莺啼序·春晚感怀》后没几年，词人也离开了这个令自己悲伤的世界。他在最后的人生里，不知是不是天天饱受相思之苦。

死亡是不分年龄的，长相厮守若被死亡干扰，人世间最凄凉的爱情莫过于此，古往今来，世间总上演着这样的悲剧。现在科技发达了，对于异地分离，不像古代一般束手无策，但对于死亡，无论过去和如今都是一样，只能是自己孤寂的内心充满了相思，问一声"断魂在否"，却得不到回应。然而，逝去的已经过去，在情感浓烈之余还是该向着阳光行走。

刘辰翁 | 亡国之民，悲苦胜于南渡

断烟禁夜，满城似愁风雨

余自乙亥上元，诵李易安《永遇乐》，为之涕下，今三年矣。每闻此词，辄不自堪，遂依其声，又托之易安自喻。虽辞情不及，而悲苦过之。

璧月初晴，黛云远淡，春事谁主？禁苑娇寒，湖堤倦暖，前度遽如许。香尘暗陌，华灯明昼，长是懒携手去。谁知道、断烟禁夜，满城似愁风雨。

宣和旧日，临安南渡，芳景犹自如故。缃帙流离，风鬟三五，能赋词最苦。江南无路，鄜州今夜，此苦又谁知否？空相对、残釭无寐，满村社鼓。

——《永遇乐》（璧月初晴）

如果一名官员对朝廷失望，他会做出怎样的举动？刘辰翁用自己的行为给出了答案。三十岁那一年，刘辰翁参加廷试，因忤逆权贵贾似道，被置进士丙等。从那时起，刘辰翁便得了一个耿直的印象，却也从此对黑暗的官场失去了信心。

为官十余载，几经辗转沉浮，专权误国的贾似道终于让刘辰翁忍无可忍，他决定放弃仕途，回乡隐居，此生不再踏足官场。

隐居乡里，多少能换来一丝内心的宁静。南宋恭帝德祐元年乙亥（公元1275年）元宵节，蒙古大军席卷江南，位于临安的南宋朝廷，再次风雨飘摇，刘辰翁虽打定主意不再过问朝堂之事，内心终究还是难以安然。

　　他的手中捧着李清照的《永遇乐》，二十多年前，同样也是一个元宵节，南渡逃亡之后暂居临安的她写下了自己的忧伤。如今，同样的节日，同样的地点，南宋王朝同样的风雨飘摇，刘辰翁捧着这首词，内心不胜唏嘘，强忍着一腔悲愤之情。

　　他用隐忍的方式，度过一个又一个春秋，转眼三年已逝，又是一年元宵节。不知不觉，刘辰翁再次捧起李清照的《永遇乐》，一遍又一遍地品味："落日熔金，暮云合璧，人在何处。染柳烟浓，吹梅笛怨，春意知几许。元宵佳节，融和天气，次第岂无风雨。来相召、香车宝马，谢他酒朋诗侣。中州盛日，闺门多暇，记得偏重三五。铺翠冠儿，捻金雪柳，簇带争济楚。如今憔悴，风鬟霜鬓，怕见夜间出去。不如向、帘儿底下，听人笑语。"

　　那是一个落日的余晖如同熔化了的金子的傍晚，彩云绕着明月，本是一番美好的景象，流落他乡的李清照却怅然若失。渲染着柳色的烟雾渐渐浓郁，一曲哀怨的《梅花落》飘过耳畔，这样的春意，竟丝毫不能令她感到愉悦。

　　元宵佳节，日暖风和，李清照却安逸不起来。流离失所多年，她见惯了短暂安稳过后的乱局。前一刻还在享受难得的情境，下一刻便又要从金人的铁蹄下逃命。此时的风和日丽，谁知不是风雨骤降之前的平静？

　　有人乘坐着宝马拉的香车，来邀请李清照参加元宵佳节宴会。这让李清照想起了当年金人入侵之前，在汴京那段繁盛的光景。那时的闺中女子多么悠闲，常有各种各样的游戏取乐。她们最爱在正月十五那日，戴上插有翠鸟羽毛的帽子，装饰上用美丽的金线撺成的雪柳，打扮得整整齐齐，漂漂亮亮。

　　如今的李清照，从镜中看到的自己，有着一副憔悴的容颜，一头乱发如同风吹雾散，却也懒得梳理。这样的容貌，她也懒得见人了，于是拒绝了全部邀约，自己躲在家中，听着外面人的欢声笑语。

读着李清照的词，刘辰翁越发感同身受。此时的临安城，已经陷落两年，流离失所的刘辰翁，如今正在临安附近的一处乡村蛰居。心中的哀恸之情再也无法控制，于是便用李清照那首词的曲调填词一首。

刘辰翁自称词情不及李清照，但悲苦之情却有过之而无不及。不错的，"璧月初晴，黛云远淡，春事谁主"，开篇一句，便将临安今昔不同往昔的元宵况味渲染了出来。

元宵佳节的一轮圆月，如同碧玉般洁白、晶莹、圆满；云彩是淡淡的，与青色的天空交融在一处，难以分辨。本是静谧的一幅元宵春景，词人却突兀地问了一句"春事谁主？"细细想来，却字字都有千钧的重量，压在刘辰翁的心头，不堪承受。是啊，这样美好的春景，究竟属于何人呢？想必一定不属于像自己这般流离失所之人吧？

"禁苑娇寒，湖堤倦暖，前度遽如许"，曾经，刘辰翁在临安领略到的是太平光景，那时南宋朝廷位于临安的宫苑一片微寒，西湖的堤岸倦慵温暖，转眼之间，一切的美好便匆匆逝去。他哪里是在感叹春之易逝，分明是哀痛国土的沦陷，竟然如此之快。

"香尘暗陌，华灯明昼，长是懒携手去"，写到此处，刘辰翁突然宕开一笔，追忆起临安城昔日的繁华。从前的元宵佳节，临安城车水马龙，熙熙攘攘，女子们结伴走上街头赏灯，染得脚下的尘土都有了香气。那五光十色的花灯，把暗夜照得如同白昼一般明亮，可那时的刘辰翁，却总是没有什么心情和亲友携手同去赏灯。

"谁知道，断烟禁夜，满城似愁风雨"，这一句，既是后悔，又是遗憾，更是哀痛。谁能料想，本应热闹的元宵佳节，竟然也会禁止宵行。临安城中人稀烟断，满城一派凄风苦雨之象，愁云惨淡。刘辰翁的心痛可想而知，今非昔比，一闹对一静，其中凄凉惨淡，一读便知。

"宣和旧日，临安南渡，芳景犹自如故"，此处的刘辰翁，是在模仿李清照的口吻，追溯从宣和年间，直到南渡逃亡之前，大宋王朝是一派繁荣盛景。那样的美好，却又那样的不堪回首。

"缃帙流离，风鬟三五，能赋词最苦"，此句同样是在感叹李清照南渡逃亡时的凄惨，当时的她，辛苦收藏的金石书画几乎散失殆尽，让她心如死灰，以至于到了元宵佳节都无心再打扮，写下《永遇乐》这样伤感凄苦的词章。

"江南无路，鄜州今夜，此苦又谁知否"，似乎历朝历代都有乱局出现，当年安史之乱之时，杜甫曾寄家朗州，在月夜里思念远在鄜州的亲人。如今无家可归的刘辰翁，是在借杜甫的往事来自喻，其中凄苦，唯有自知。

"空相对、残釭无寐，满村社鼓"，想当年，李清照以己之悲来映衬他人之乐，如今的刘辰翁也是如此。他空自对着一盏昏暗不明的残灯，长夜无眠，外面却传来满村的社鼓之声，他既无奈，又哀叹，却又无处倾诉。

春去人间无路

　　送春去，春去人间无路。秋千外、芳草连天，谁遣风沙暗南浦。依依甚意绪。谩忆海门飞絮。乱鸦过、斗转城荒，不见来时试灯处。

　　春去最谁苦？但箭雁沉边，梁燕无主。杜鹃声里长门暮。想玉树凋土，泪盘如露。咸阳送客屡回顾，斜日未能度。

　　春去尚来否？正江令恨别，庾信愁赋，苏堤尽日风和雨。叹神游故国，花记前度。人生疏落，顾孺子，共夜语。

——《兰陵王·丙子送春》

刘辰翁写下这阕词时，苟延残喘的南宋王朝气数已尽。咸淳十年（公元1274年），年仅四岁的宋恭宗即位，几个月后，元军向南宋发起了总攻，到了德祐元年（公元1275年）春天，元军攻克了一座又一座军事重镇，兵临建康城下。

人人都将救国的希望寄托在掌权的贾似道身上，贾似道却觉得南宋王朝气数已尽，不愿为它丢了性命。他不敢与元军正面交战，只幻想能与元军求和。于是，贾似道下令释放元朝俘虏，又送去荔枝、黄柑等物品，希望通过称臣纳币的方式求得和平。然而，元军却并未放弃进攻，宋军节节败退，贾似道仓皇逃走。

宋军的士气严重受挫，元军发起了最后总攻，很快便攻破常州城，对城中居民进行了残酷的屠杀，上万人被杀死，其他州县人心惶惶，大批人试图逃离都城临安，尤其是朝中官员，甚至带头连夜逃走。

官员的出逃，令军心与民心彻底瓦解，南宋王朝再也无力抵抗蒙古骑兵的进攻，陷入孤立无援的境地。

贾似道被罢免之后，朝廷又任用了比贾似道更加胆小怕事的陈宜中为相。文天祥等爱国志士提出迁都东南部地区，以图背水一战，竟遭到了胆小的陈宜中否决。陈宜中一心只想向元军求和，不敢与元军交战。

德祐二年（公元1276年）正月十八，谢太后派大臣杨应奎向元军献上降表和传国玉玺，乞求元军对宋朝皇室从宽处理。陈宜中得知元军想要和自己面谈，竟然吓得连夜出逃。蒙古骑兵很快兵临城下，一身正气的文天祥出面与蒙古军队谈判，却遭扣留。

二月初五，临安城举行了受降仪式，宋恭宗正式退位，延续了近320年的大宋王朝，正式宣告结束。

南宋的末路之旅，刘辰翁全都看在眼里。国土沦陷，却无力挽回，他的心已经千疮百孔。

"送春去，春去人间无路。秋千外、芳草连天，谁遣风沙暗南浦。依依甚意绪。"临安失陷，就如同春日已去，再也没有蓬勃的希望，人间也没有了归路。临安失陷之前，一派盛景；元军攻陷临安之后，在蒙古骑兵的铁蹄践踏之下，曾经的"春景"早已被漫天"风沙"遮蔽。

"芳草"二字，本是暗喻送别，刘辰翁在此处送别的不是一般的离人，而是送别一个延续了三百多年的朝代。

"谩忆海门飞絮。乱鸦过，斗转城荒，不见来时试灯处"，他挂念着跌下皇位的南宋皇帝，以及流离失所的王公大臣。此刻的他们，如同柳絮一般漂泊无依。宋恭宗投降元军之后，陆秀夫等人在福州拥立赵昰为宋端宗。刘辰翁对宋端宗还是抱有期望的，他也希望能随宋端宗一同南行，只可惜元军的铁蹄遍布四方，阻隔了刘辰翁去往南方的路。

他眼中的临安，已是一派残破衰败之象：狂躁的乌鸦从断壁颓垣上飞过，荒凉破败的城墙上方，就连北斗星都无法指引出方向。原本应是华灯照耀的都城，此刻已经黑暗一片，再也寻不到灯的痕迹。

"春去谁最苦？但箭雁沉边，梁燕无主。杜鹃声里长门暮"，一个设问句，将亡国之后的苦尽显出来。被掳去北方的宋恭宗君臣，如同被箭射中的大雁，坠落到遥远的北方，再也没有归日。南宋的臣民，就如同无主的"梁燕"，无人可依。凄惨悲凉的临安宫苑，笼罩着一片暮色。宫苑长门闭锁，不见昔日繁华，唯有杜鹃啼血哀鸣。

"想玉树凋土，泪盘如露"，一代王朝就此倾覆，宫中的一切繁华，都埋没于尘土，就连那金铜仙人也不免有辞离故国的悲伤。唐代诗人李贺曾在《金铜仙人辞汉歌》中写"衰兰送客咸阳道"，说那金铜仙人在离开咸阳时依依不舍，行动缓慢，刘辰翁几乎可以想象，被掳走的宋恭宗君臣对故国一定也有着无限的留恋吧。

"春去尚来否？正江令恨别，庾信愁赋。苏堤尽日风和雨"，又是一个问句，读来更令人心碎。春已去，是否春还会回？对那温暖的春日，刘辰翁有深深的眷念，其实他眷念的哪里是春日，分明是希望大宋王朝能重现盛景。

刘辰翁终于体会到古人的亡国之痛，他像江淹一样满怀离别的幽怨，像庾信一样写下了愁赋的语句。江南的苏堤在风雨之中飘摇，就如同沦陷之后的临安，那样凄迷荒凉。

"叹神游故国，花记前度。人生流落，顾孺子，共夜语"，送走了"春日"，想要再回故国也难。刘辰翁只能以神游的方式重回故土，故国的新春也只能在梦里依稀相见了。刘禹锡在《再游玄都观》中写："种桃道士归何处，前度刘郎今又来。"或许花儿最能识得旧人，刘辰翁也希望神游故国之时，花儿依然能记得他从前的样子，记得他还怀念着故国。

只是如今，流落他乡的他，已无路可走，只能与年幼的小儿依偎在一起，在夜色中互相倾诉着亡国之痛。

想故国高台月明

铁马蒙毡，银花洒泪，春入愁城。笛里番腔，街头戏鼓，不是歌声。

那堪独坐青灯。想故国、高台月明。辇下风光，山中岁月，海上心情。

——《柳梢青·春感》

文天祥于宋恭宗德祐元年（公元1275年）起兵勤王时，刘辰翁也曾参加过抗元斗争，以同乡、同门的身份，加入文天祥的江西幕府。宋端宗景炎元年（公元1276年），随着临安城被元兵攻陷，刘辰翁进入庐陵山中避居。

此时的天下，还有几分掌握在宋人手中，其中包括福州、温州、台州、处州和广东的钓鱼城、凌霄城等山城。宋王朝虽然已经灭亡，但这几处的军民依然坚持抗击元军，宋朝的军队加起来共有二十万上下，这也让刘辰翁有了复国的希望，他坚信，这支军队如果能够指挥得当，一定能取得胜利。

然而，让刘辰翁失望的是，此时宋朝的君臣却不将精力放在操练军队上，而是抱着天真的幻想，希望元军能像当年追赶宋高宗的金兵一样，因不堪忍受南方湿热的天气而退兵。如果真能如此，宋王朝便会得到一个喘息的机会，以待中兴。

于是，南宋君臣步步退让，只等元兵自己撤退。可惜，他们低估了敌人，元军不仅没有撤退，反而步步紧逼。宋端宗下令扬州守将李庭芝、姜才前来福州勤王，二人率领七千宋军刚刚出城，留在城中守城的朱焕便开城投降。此情此景，令宋军再也无心交战，纷纷丢下兵器投降。

扬州城就这样沦陷，其他州县也相继失守，宋王朝在长江以北的最后据点彻底失去，再也没有了北上复国的指望。于是，南宋君臣一步步向南方逃亡，因为害怕城池失守，他们的大部分时间都在海上漂泊，苦不堪言。

"铁马蒙毡，银花洒泪，春入愁城"，又是一年元宵节，却处处笼罩着亡国的愁绪。元朝统治下的临安城，一片凄凉的气氛。整个临安城，已经处于元军的铁蹄蹂躏之下，这样的气氛既凄惨又阴森，根本不是元宵佳节应有的喜庆气氛。

元宵佳节，本应是热闹的，是最能代表国泰民安的节日，可现实偏偏如此残酷，亡国的悲凉将元宵节的喜庆一扫而光。百姓的心情是凄惨悲凉的，他们每天生活在阴冷森严的氛围里，竟连往常那火树银花不夜天的光也洒泪了。

其实，银灯哪有情感，但写在此处，却那样有情。"银花洒泪"，让这座曾经繁华热闹的城市笼罩上一种哀伤凄凉的氛围，让临安变成了一座"愁城"。可那春天却仿佛不知人间忧愁，无论国存还是国亡，都照常来到人间，让春风吹入这座充满了人间哀愁的城。一"春"一"愁"，对比分明，使人读来不胜哀愁。

"笛里番腔，街头戏鼓，不是歌声"，曾经的元宵佳节，临安城中都会传来鼓吹弹唱的声音。此时的临安，已经换了人间，刘辰翁无法亲眼见到临安城中的景象，却能想象得出，此时城中吹奏的曲子，一定不是大宋的音律，而是北方游牧民族特有的"番腔"。而在街头上演出的，也不再是熟悉的宋人戏鼓，而是异族的鼓吹杂戏。

在身为南宋遗民的刘辰翁听来，这样的曲调与声音根本算不上歌声。他是那样义愤填膺，心中的悲凉逐渐激化成愤怒，写词的笔调也变得越发激烈。

"那堪独坐青灯，想故国高台月明"，此句是对上下文的衔接，此句之前，全是刘辰翁对故国临安都城的遥想。南唐后主李煜在《虞

美人》中写的"故国不堪回首月明中"，那是亡国之后对国土深沉的
眷恋之情，此时的刘辰翁，能够感同身受。

他完全可以想象到，故国旧都临安城中的高台宫殿，如今都笼罩
在一片惨淡的月光之下，曾经的繁华消散殆尽，只剩无边的寂寞与悲
凉。光是想想那凄惨的光景，刘辰翁便已经无法忍受。更何况，此时
的他，正独自避居在寂寞的深山之中。每当夜深人静，对故国的思念
便会越发强烈，再想到自己无力收复沦陷的国土，甚至也许此生都没
有重返临安城的机会，心中的苦闷更胜，越发难以忍受。

他眼前那荧荧青灯，映衬着临安城上空的惨淡月光，都是那样凄
凉，此情此景，足见刘辰翁心中的情感已经变得更加沉闷抑郁。

"辇下风光，山中岁月，海上心情"，此句分为三部分，"辇
下风光"，说的是故都临安曾经的美丽风光。那是刘辰翁记忆中的美
好，是亡国之前，元宵佳节时的临安城，一派繁花热闹的景象，以及
记忆中的歌舞升平；"山中岁月"，说的是此时的刘辰翁自己，除了
在山中归隐，他已无处可去。一颗心却又飞到遥远的海上，与继续抗
元的军民在一处；"海上心情"，说的便是依然在进行抗元斗争的人
们，以及逃往海上的南宋君臣。只要想到他们，刘辰翁的心情便久久
不能平复。

全篇写到此处，戛然而止，却留给后人无尽的想象。他的愤懑，
他的幽怨，回旋于读者的脑海，让人感同身受着他的国仇与家恨，以
及丧失国土的痛苦与无力挽回的无奈。

这首词几乎通篇都是刘辰翁本人的想象，从元宵佳节故都临安城
中的凄凉景象，来引申出自己无尽的愁绪，对于自己真实的感受，只
是用虚笔轻轻带过，反而通过对想象中的景象的细细描写，让人更能
体会他的苍凉悲郁之情。

周密 | 吟风弄月思故国

月香水影，诗冷孤山

觅梅花信息，拥吟袖，暮鞭寒。自放鹤人归，月香水影，诗冷孤山。等闲。泮寒晲暖，看融城、御水到人间。瓦陇竹根更好，柳边小驻游鞍。

琅玕。半倚云湾。孤棹晚、载诗还。是醉魂醒处，画桥第二，查月初三。东阑。有人步玉，怪冰泥、沁湿锦鹓斑。还见晴波涨绿，谢池梦草相关。

—— 《木兰花慢·断桥残雪》

一滴清墨，醉了素笺，笔端流转，书写的是情怀，洗尽的是过往。光阴嶙峋，往事如烟，谁知他的繁华与寂寞？谁懂他的欢乐与离殇？浮生若梦，通彻唯有心知。当端坐案前，一腔心事如海水般浩茫，那是对故国最深的思念。

出生于南宋末年的周密，跨越两朝，不知是幸还是不幸。亡国之前，他仿佛不知何为清愁，何为悲恨，任由情思在美妙的风景处缱绻；亡国之后，记忆的浮沉令人憔悴，思念如潮水翻涌，就连心底都泛起不安的涟漪。那一季的繁华，映衬着余生的凉薄，平添凄凉。

公元1263年，宋理宗景定四年，蒙古人对苟延残喘的南宋江山虎视眈眈，延续了三百多年的赵宋王朝，即将走到末路，年轻的周密正担任浙西帅司幕官。他的心中天生便存着一袭美好，或许乐观是上天对人最大的恩赐，当许多朝廷官员正为风雨飘摇的南宋王朝而忧虑时，周密却总能从乌云密布中寻找一丝缝隙，感受阳光照耀的美好。

"觅梅花信息，拥吟袖，暮鞭寒"，词的开遍，便交代了周密此刻正在山中踏雪寻梅。这是何其高雅的情致，一个"拥"字，便勾勒出词人优雅的仪态。

"自放鹤人归，月香水影，诗冷孤山"，这句词中蕴含着一则典故：北宋著名的隐逸诗人林逋隐居于西湖孤山，终生不仕不娶，只喜欢种植梅花，养育仙鹤，自谓"以梅为妻，以鹤为子"。当年林和靖在孤山结庐，养育了两只仙鹤。他常常在外游山玩水，每当客人到访，童子便会放鹤，林和靖见到之后，便会立刻乘舟归去。

于是，"放鹤人归"四字，便寓意着像林和靖这样的高士，如今已经不在了。"月香水影"四字，同样与林和靖有关，取自林和靖的"疏影横斜水清浅，暗香浮动月黄昏"。此三句词，是在以古衬今，踏雪寻梅，自然诗"冷"，读来更有韵味。

"等闲。泮寒觇暖，看融城、御水到人间。瓦陇竹根更好，柳边小驻游鞍"，虽寒意尚存，但周密心中却有美好的祈愿。他坚信，总有一天，寒冷的冰雪会消融，温暖的阳光会灿烂了人间。到那时，满城春色蓉蓉，伴随御沟的流水来到人间。那碧瓦陇中，竹根林边，美好的残雪纵然为期短暂，他却要在垂柳边畔解鞍小住，尽情饱览人间春色。

一股清新之气，透过笔墨之间扑面而至，上片词前三句情调高昂，后三句三转曲折，眼前景与古时典故相得益彰，更显情感跌宕，韵味悠远。

"琅玕。半倚云湾。孤棹晚、载诗还"，进入下片词，又是一番美景。翠绿的竹林如同美玉，半倚着布满浓云的水湾，多么清雅的境界。眼看天色将晚，周密独自乘着一叶扁舟，满载诗情，归来靠岸。一个"孤"字，更加突出了湖面的寂静。

"是醉魂醒处，画桥第二，夜月初三"，诗与酒总是相伴，词人周密此番踏雪寻梅，乘舟游湖，必定少不了美酒随身。少年词人，诗酒风流，但即使醉魂梦魄到了此处也不由得清醒，因为此处有画桥第二，还有镜匣般的湖水漾动着初三的月船。多么玲珑剔透的景致，难得周密能在一代王朝即将走向尽头之时，还能将流连风物的词章写得如此华美婉转。

"东阑。有人步玉，怪冰泥、沁湿锦鸲斑"，归途所见的一则趣事，顿时令整篇词章变得妙趣横生，令断桥残雪之景都变得生动盎然。东边的花园里，正有人曼妙地提起翩翩长裙，轻挪碎步，发出珠玉般的脚步声。一边挪步，还一面嗔怪那冰面太薄，渐渐融化，打湿的路边的泥土，让花园小路泥滑难走，打湿弄脏了绣有鸾凤图案的锦缎绣鞋。

断桥残雪，如同画卷中的美景，美景中猝不及防地闯入一位曼妙的女子，又带着些许的幽怨，简直活灵活现。这便是最真实的生活，哪怕是一派清幽淡雅的断桥残雪画卷，也要妆点上一抹鲜活明亮的色彩。一动一静，相得益彰。当美景中有了人的存在，便立刻有了生机。

"还见晴波涨绿，谢池梦草相关"，冰雪已经渐渐消融，春水又复流动，一派盎然生机呼之欲出。不过，这并非周密此番亲眼所见，而是心中所想。"还见"二字，不过是虚写一笔。

传说谢灵运曾梦见弟弟谢惠连，文思大畅，这才有了"池塘生春草，园柳变鸣禽"这样的佳句。于是，周密便借用这样一则典故来照应整阕词的开篇，用浓厚的诗情作为全篇的结尾。

只叹正徜徉于诗情画意之中的周密，尚不知一场疾风骤雨即将来袭，风雨飘摇的南宋江山即将走向末路。于是，他后半生的词章，便盈满了亡国之恨的苍凉。

回首天涯归梦

步深幽。正云黄天淡，雪意未全休。鉴曲寒沙，茂林烟草，俯仰千古悠悠。岁华晚、漂零渐远，谁念我、同载五湖舟？磴古松斜，崖阴苔老，一片清愁。

回首天涯归梦，几魂飞西浦，泪洒东州。故国山川，故园心眼，还似王粲登楼。最怜他、秦鬟妆镜，好江山、何事此时游！为唤狂吟老监，共赋销忧。

——《一萼红·登蓬莱阁有感》

不知为何，岁月流淌出一抹悲伤。或许，是因为经历过岁月的苍凉，所以才对旧时的一切充满依恋。沉郁的岁月，滋生许多忧郁。

当展开空白的素笺，在上面撰写忧伤的文字，便开始不断回味人生的五味杂陈。那其中，更多的竟然是苦涩，家国之痛，令空气都变得萧瑟。静谧的生活，一去不返，往后余生，注定满是涟漪。

作者创作这首词时，元兵已经攻到杭州，南宋王朝在勉强抵抗了一番之后，终于宣告灭亡。本是南宋官员的周密，见证了末代王朝的灭亡，身份转换成了元朝的子民。他不愿成为元朝的官员，于是退隐田园，成为红尘中最普通的过客。

此时纵然徜徉于山水之间，心情再也不似当初那般悠然。当登上蓬莱阁的一刻，竟有一抹浓郁的忧伤袭上心头。

"步深幽。正云黄天淡，雪意未全休"，开篇便将自己进山登阁时初见的情景描述了出来。山路曲折盘桓，行人渐入深幽。一个"正"字，交代了天气，云黄天淡，天色昏黄，仿佛即将要下雪的样子，残雪尚未消融，寒意也尚未褪去。天气如此阴沉，周密的心情又何尝不是同样沉郁？就连登山的步履都因此变得沉重。

"鉴曲寒沙，茂林烟草，俯仰千古悠悠"，此时的周密，终于有心情留意身边的景致。鉴湖与兰亭在历史上都是名士栖游的地方，可此时竟然是一派萧瑟衰败之景。尤其是兰亭的墙垣早已破败，茂林修竹丛生衰草，笼罩在一层凄凉的轻烟之下，一俯之间，千古岁月悠悠。抚今追昔，令人不胜唏嘘。

"岁华晚、漂零渐远，谁念我、同载五湖舟"，不知不觉，周密已经不再是那个年轻潇洒不知愁滋味的少年，步入晚年的他，竟然还要远离故乡，四处漂泊。有谁能了解他形单影只的悲伤？又有谁愿意同他一道远离人世的纷扰，同乘一叶扁舟，泛舟五湖？

这样忧伤的岁月，何时才是尽头？周密不仅为自己前途无望而伤怀，更因国家的灭亡而难过。他不知何处才是自己最终的归宿，残酷的现实令他不忍仔细思量。

"磴古松斜，崖阴苔老，一片清愁"，写到此处，周密已经登上蓬莱阁。这里曾经也是文人雅士争相登览的圣地，如今却游人稀少，繁华不再，唯有石阶上倾斜的老松树，与路边崖畔厚厚的青苔做伴，荒芜落寞，无法形容。

一腔清愁，就此萌发。国土沦陷，山河破败，竟然处处都有呈现。那衰败的蓬莱阁，正如同破碎的宋朝河山，怎能不令人伤怀感慨？

"回首天涯归梦，几魂飞西浦，泪洒东州"，在流亡的岁月中，周密无时无刻不在思念故土。那些漂泊于天涯的日子，他多少次梦回东洲、西浦，每当醒来，都发现自己满脸热泪，沾湿枕衾。

"故国山川，故园心眼，还似王粲登楼"，今日归来，本以为会有一番惊喜，谁知，眼前分明是故土故园，心中的滋味却百感交集。王粲在《登楼赋》中说："虽信美而非吾土兮，曾和足以少留。"这种江山易主，国破家亡的悲伤，周密此刻竟体会得如此真切。

"最负他、秦鬟妆镜，好河山、何事此时游"，周密的巨大伤痛，最终凝结于此四句。他越是将故国河山描写得雄壮美丽，那亡国之殇便越是剧烈。他说自己辜负了这美好的江山，偏偏在这样的时刻来与它相见。一切都是错的，错的时间，错的心情。他心中一片清愁，蓬莱阁也失去了昔日的神采，这样的相见，唯有悲伤，无法言说。

"为唤狂吟老监，共赋销忧"，周密仿佛终于找到了此时登临蓬莱阁的理由。"狂吟老监"，说的是贺知章，他自号"四明狂客"，周密觉得，自己登临蓬莱阁，就是要召唤故去的贺知章，与他一同赋诗消愁。

看似找到了排遣忧愁的方式，实则忧愁更胜。举杯痛饮，根本无法消解周密心中深重的烦愁。他仿佛想要打开情感的闸门，让忧伤纵情流淌殆尽，让心头积郁已久的哀伤彻底消散，可惜，这不过是对自己的欺骗而已。

全篇词章借物抒怀，作者用凄凉的冬景来映衬自己四处漂泊的忧伤。国破家亡，但凡有志之士，都会因此哀痛。然而，除了哀痛，他们又能做些什么呢？三百多年的赵宋王朝，终究还是成为了历史。无法接受现实的人，便只能任由哀伤蔓延，在忧愁中沉沦。

后记

短暂的人生是一场旅行，而旅途中有凄风苦雨，也有流光溢彩的彩虹，那个需要和你携手共同走过悲喜的伴侣，成为你生命中不可或缺的角色，你和这个伴侣的一生牵手被叫做爱情。

短暂的人生悲喜交加，但人们总是忽略了太多的喜悦，而对痛苦的事情记忆犹新，深入骨髓。在爱情的世界里，人们也总是选择性地对那些伤感的环节过目不忘，于是才有了"独上高楼，望尽天涯路"的悲哀，才有了"泪眼问花花不语"的惆怅，才有了"相顾无言，惟有泪千行"的凄凉。

爱情的本身是唯美的，但不是所有的爱情都被赋予了美丽的标记。许多人的心中都有一个梦，美梦却未必都能被填补，面对"花自飘零水自流"的悲哀，面对"泪痕红浥鲛绡透"的哀怨，一幕幕的画面，一代代的在人间重复着，在这个苦涩又美丽的世界里不断上演。但爱过了，爱的体无完肤了，就是一种涅槃，即便结果是遗憾的，也要笑傲这个俗世。天空上没有鸟的痕迹，但我已然飞过。

古代词人的泪水化成美丽的朝露，在我们生活的这个世界里不断守望，他们为我们祝福，为我们喜悦。

爱是痴，情是傻，谁点得清恒河里的沙？古往今来，痴男怨女何其多，然而不必耻笑他们，因为正是他们才点缀了这个纷乱多彩的世界，让世界从此绚丽迷人。

　　品着充满泼墨幽香的古典词人那些轻灵飘逸的文字，感悟着那些诗情画意却又为遗憾而长吁短叹的词人的心境，仿佛在寂静的夜晚，聆听着悠远的深谷传来的歌曲，再转身看这个世界里一切为爱痴狂的男女，便可以让自己对着世界一个微笑，进而做一个幡然的醒悟。

　　缠缠绵绵总是道不尽，或许如今的时代，川流不息的节奏，消磨着浪漫的情怀，几乎让人们忘记灯火阑珊处可以与伊人携手，体味短暂又让人羡慕的氛围。当通信技术越来越高端，相思的味道或许像过夜的茶水，味道不再浓烈。但是只要心中有爱，依然可以在忙碌无间的时间里，在异地分别的空间里，创造出别具一格的浪漫，让爱情为之升华。

　　书中还有几个词人，如辛弃疾等，他们或许没有凄美的可以大书特书的爱情故事，但我也写了，因为他们时刻关注国事，对国运牵肠挂肚。从广义来看，这些词人将自己的真心表露给国家，何尝不是真挚而伟大的爱情呢？

　　最后，在夕阳西下的时分，不要吝惜挽着爱人的手，一起散步，一起畅想，再品一品宋词，也更懂情味。